KB089363

작은 날씨들의 기억

작은 날씨들의 기억

천세진 산문집

White Wave

작은 구름, 작은 바람, 작은 빗방울, 작은 안개, 작은 눈송이가 날 지나갔다. 작은 사랑, 작은 이별, 작은 슬픔, 작은 미련, 작은 회한이 날 지나갔다. 작은 날씨들이 오솔길을 따라 찾아왔다가 그 길을 따라 멀어져 갔다. 아주 떠난 건 아니었다. 작은 주름, 작은 흉터, 작은 문신을 남겼다. 생은 작은 날씨들의 기억이다.

작은 날씨들의 기억

하늘의 구름은 큰 날씨(대기후Macro-climate)와 작은 날씨(미기후Micro-climate)를 함께 만든다. 구름의 크기와 모양에 따라 무서운 일도 일어나고 잔잔한 일도 일어난다.

폭풍우가 예보되어 있었던 어느 여름날, 동네 하늘의 구름은 예보에 어울리지 않게 작은 무리를 이루고 있었고 맑은 흰빛이었다. 그날 많은 곳에 예보에 어울리는 일이 벌어졌지만 내가 사는 동네에는 비가 내리지 않았다.

크고 무서운 일이 넓은 곳을 휩쓸어도 어느 작은 곳을 건너뛰고 지나갈 수도 있다는 것을 깨달았다. 세상이 온통 평온한데 작은 곳에서 무서운 일이 벌어질 수도 있다.

생의 하늘에도 온갖 구름이 뜨고 큰 날씨와 작은 날씨가 만들어진다. 큰 날씨를 만든 구름은 지진, 전쟁, 주식 시장의 모양이고 거센 비를 뿌린다. 작은 날씨를 만든 구름은 책, 인형, 펜, 구슬, 거울, 모래, 계단, 우산, 징검다리 모양이고 이슬비를 잔잔하게 뿌리며 생을 미세하게 바꾸어 놓는다.

사물에도 큰 날씨와 작은 날씨 같은 게 있다. 오래전에 「자작나무」가 실린 로버트 프로스트의 시집 『불과 얼음』을 만났다. 군 제대 후 보일러 시공 보조를 하며 복학을 준비하던 시절이었다. 일을 끝내고 대전역 근처 중앙시장에 있는 헌책방 거리에서 정가 1,000원의 『불과 얼음』을 샀다. 이후 자주 「자작나무」를 펼쳤으나 "세상은 사랑하기에 알맞은 곳"이라는 생각에는 고개를 끄덕일 수 없었다.

「자작나무」는 시 한 편에 불과하니 '작은 날씨'가 분명한데 생의 숙제이자 잣대가 되었다. 가끔 「자작나무」를 펼쳐 얼마나 달라졌는지를 확인했다. 어느 때인가는 지독했던 상처를 꽤 극복했다고 착각하기도 했다.

2019년 봄, 어머니와 아버지가 일주일 간격으로 긴 세월의 끊어짐 그대로 세상을 떠나셨고, 따로 묻히셨다. 두 분이 떠나시며 비극으로 이어진 한 시대가 끝났으니 편안해지리라 생각했으나 그게 아니었다. 엄마가 떠난 곳을 보며 울고 있던 8살짜리 소년, 술을 먹고 담배를 피우며 밤길을 걷고 있는 고등학생, 독을 품은 눈으로 세상을 노려보던 20대 청년은 자신들의 시절에 그대로 머물러 있었다.

모두 그대로 옛 시간에 존재하고 있는데, 분신을 계속 만들며 지금까지 살 수 있었던 것은 상처를 극복했기 때문이 아니란 걸 깨달았다. 소년, 고등학생, 청년이 차지하고 있던 자리에 일상이 들어서고, 점점 더 큰 비중을 차지하며 상처와 기억이 차지했던 자리의 비중을 줄여 준 덕분이었다.

로버트 프로스트가 세상이 사랑하기에 알맞은 곳이라고 노래한 것은 스펙터클한 사건을 많이 겪었기 때문도, 스펙터클한 사건들을 생의 전부로 생각해서도 아니었을 것이다.

자작나무를 타고 오르던 소년이 도시에 나가 살다가 돌아와 고향의 숲길을 걷던 중에 작은 가지에 눈을 맞아 한쪽 눈에서 눈물이 나고 옛날로 돌아가고 싶은 마음이 드는 것을 격렬하고 장대한 사건을 겪은 소회로 읽을 수는 없다.

사랑 속에 스펙터클과 이벤트가 가득하길 바라겠지만 인생은 반짝이는 별들을 모아 놓은 하늘이 아니다. 자잘한 사건들이 저마다의 명도로 드문드문 빛나는 기억의 지속이다.

지속은 지루할 수밖에 없다. 그래서 우린 착각한다. 스펙터클과 이벤트가 있어야만 살아갈 수 있다고. 기억의 방식과 기억에 의미를 부여하는 방식 때문에 그렇게 믿고 있는지도 모른다.

블랙박스가 이벤트를 기록하는 방식을 기억의 방식으로 선택한 것인지도 모른다. 블랙박스는 모든 주행을 기억한다. 사고가 났을 때 꺼내 보는 장면은 이벤트와 스펙터클이다. 그것은 어느 순간의 기록이지 생을 관통하는 기록이 아니다.

우리가 어느 지점에 도착할 수 있는 것은 계속해서 사고가 나서가 아니라 사고가 나지 않고 굴러갔기 때문이다. 우리의 현재가 그 덕분이다. 오히려 스펙터클과 이벤트의 의미는 일상성의 가치를 조명해 주는 것에 있을지 모른다.

사람들은 말한다, 파란만장했다고. 책으로 쓰면 몇 권은 될 거라고. 큰 사건들과 눈을 압도하는 이미지가 세계를 구성하고 끌고 간다고 믿고 싶고, 삶이 역사가 되었으면 하겠지만 역사는 거시와 스펙터클의 기록이고 파란만장 그 자체다.

파란만장은 치유의 대상이지 삶을 채워 주는 것이 아니다. 삶은 주목받지 못하는 일상이 채워 주고 치유해 준다. 자작나무를 타는 일이나 작은 가지가 눈을 때리는 일 같은 작은 일상 말이다. 그래서 세상에 알맞은 사랑은 일상성으로서 빛나는 사랑이라고 믿는다.

하루하루는 서사성과 비서사성을 동시에 품고 있다. 스펙터클과 무미건조를 동시에 품은 하루하루를 이어 생을 만든다. 인간은 서사와 비서사를 동시에 품은 존재다. 탄생과 죽음까지를 서사와 비서사로 이야기할 수 있는 유일한 존재다. 둘 중 하나를 선택하라고 하면 비서사를 택하겠다. 할 수만 있다면 역사에서 아득하게 먼 비서사로 살고 싶다.

오늘도 천천히 동쪽으로 흘러가고 있는 작은 구름들의 긴 무리를 보며 「자작나무」를 읽는다. 작은 구름들이 생의 날씨를 아주 조금 바꿔 주리라고 생각한다.

작은 날씨들이 가져다주는 작은 변화를 느끼면서 자작나무를 타고, 작은 가지에 눈을 맞아 눈물을 찔끔 흘리며 살고 싶다. 세상은 사랑하기에 알맞은 곳이니까.

목차

3부 시간 이야기

4부 거울 이야기

1부

풍경 이야기

Chapter 1.

자전거가 있는 풍경

"천천히 봐야 이해할 수 있네."

"무슨 뜻이지?"

"너무 빨리 넘기는군. 사진을 거의 안 보고……."

"모두 똑같잖아?"

"똑같아 보이지만 한 장 한 장 모두 다르지. 밝은 날 오전, 어두운 날 오전, 여름 햇볕, 가을 햇볕, 주말, 주중……. 때론 똑같은 사람, 때론 전혀 다른 사람, 다른 사람이 같아질 때도 있고, 똑같은 사람이 사라지기도 해. 지구는 태양 주위를 돌고 있고 햇볕은 매일 다른 각도로 지구를 비추고 있지."

"천천히 하라고?"

"해 볼 만해. 자네도 알듯이 내일 다음은 또 내일이야. 시간은 한 걸음씩 진행되지."

브룩클린의 어느 거리에 있는 잡화점의 주인이 가게 밖의 같은 장소에서 매일 같은 시간에 같은 각도로 특별할 게 없는 거리의 풍경을 한 장의 사진에 담는 장면이 나오는 영화를 보았던 것은 오래전의 일이었다.

강렬한 인상을 받았고, 영화 속 잡화점 주인처럼 매일 사진을 찍는 꿈을 꾸기도 했다. 한 번은 아주 이상한 꿈을 꾸었다. 매일 한 장씩 찍어 모아 두었던 앨범 속에서 어느 날의 사진 한 장이 존재하지 않는다는 사실을 확인하고 사라진 하루의 풍경을 기억해 내려고 애를 쓰다가 절망하는 꿈이었다. 그 절망이 어찌나 생생했는지 꿈을 깨고서도 한동안 꿈속 사진을 찾아 헤맸다.

꿈속에서 잃어버린 그 하루의 사진처럼 뭔가를 잃어버린 일은 현실에서도 생겼다. 어딘가에 적어 두었던 영화에 대한 메모를 잃어버렸는데, 잃어버린 이유가 기억나지 않았다.

그렇게 내내 영화의 제목을 떠올리지 못하다가 십여 년이 지나고 나서야 영화를 찾을 수 있었다. 폴 오스터의 『오기 렌의 크리스마스 이야기』를 읽다가 찾고 있었던 영화의 원작인 것을 알았다. 그렇게 찾아낸 영화가 〈스모크Smoke〉(1995)였다.

앞의 대화는 영화 속 잡화점 주인 오기 렌(하비 케이틀)과 소설가 폴(윌리엄 허트)이 나눈 대사다. "천천히 봐야 이해할 수 있네."라는 짧은 한마디가 영화를 잊을 수 없게 만들었다.

천천히 봐야 한다. 생각해 보니 빨라서 좋았던 것은 경쟁뿐이었다. 느린 경쟁도 있었다. 읍내에 있는 중학교에 다니던 시절 학교에서 먼 곳에 사는 아이들은 자전거를 타고 통학했다. 나도 그랬다.

그래서 만들어진 운동회 종목이 정해진 거리를 자전거로 가장 천천히 간 사람이 이기는 경기였다. 잠시 멈추어 있는 것—그런 묘기를 부리는 친구가 아주 드물게 있었다—은 상관없지만 어쨌든 결승 지점을 통과해야 경기가 끝났다. 단, 뒤로 가면 실격이었다. 나는 뒤로 가지 않았음에도 예선에서 탈락했다.

시간이 그렇다. 달팽이 걸음처럼 천천히 갈 수는 있지만 뒤로 갈 수는 없다. 달려온 길을 되돌아갈 수 없다면 천천히 가는 것이 삶의 풍경을 가슴 깊이 담으며 살 수 있는 유일한 방법이고, 추억을 가장 깊이 아로새기는 방법이다. 천천히, 아주 천천히 기억하고 새겨야 한다.

중학교 시절의 자전거처럼 천천히 가는 것들이 자신들의 세계를 오롯이 지키며 살아갈 수 있다면 좋겠지만, 빨리 지나가는 것과 그걸 희망하는 사람들이 주류인 세상이 되었다.

천천히 가고 싶은 사람들은, 겨우 한 발짝 옮기는 시간에 수십 미터를 달려가는 존재들과 어쩔 수 없이 함께 살아야 한다. 그 때문에 멀미가 생기고 만다. 특효약이 없는 멀미여서 속도 경쟁에서 내려서야만 증세가 가라앉는다.

속도는 시간을 다르게 느끼게 한다. 빨리 가려면 높은 집중력과 안정적인 자세가 필요하다. 새 한 마리가 점보 여객기를 떨어뜨릴 수 있다. 빠르게 달리는 중에는 작은 충돌에도 자세를 잃고, 눈을 한껏 뜨고 있어도 속도로 인해서 실족할 수도 있다.

천천히 가면 신경을 쓰지 않아도 될 것 같지만, 빨리 가는 것 못지않은 집중력과 안정적인 자세가 필요하다. 속도가 느려지면 해찰할 게 많아지고, 이곳저곳 해찰하다가 목적지를 잊는 일이 벌어지기 때문이다. 그것도 나쁘지는 않겠지만 말이다.

속도는 세상을 다르게 만든다. 기차가 탄생하기 전에는 말이 속도의 기준이었다. 3,000년 전과 250년 전이 크게 다르지 않았다. 속도는 250년 전과 오늘을 다르게 만들었다.

다르게만 만들면 그나마 낫다. 이전의 느린 속도를 가진 존재들과 양식을 모두 인정하면서 빠른 속도가 생겨난 것이라면 다양한 속도의 세상이 된 것이지만, 이전의 속도를 인정하지 않고 속도가 빨라진 것이라면 이전의 속도가 파괴된 것이다.

그 파괴는 한 시대의 속도를 파괴했다는 의미만이 아니다. 특정 속도로 이루어지던 삶의 양식이 파괴된 것이고, 그 양식을 탄생시켰던 삶의 본질 자체가 파괴된 것이다.

여러 속도를 모두 존중했으면 좋겠고, 천천히 가는 것들은 더욱 존중했으면 좋겠다. 중학교 시절의 자전거들처럼 천천히, 아주 천천히. 바람 약한 날의 구름이 새로운 형상을 만들어 내는 빠르기로, 민들레가 홀씨를 날리기 위해 기다리는 빠르기로 움직이는 세계가 몇 걸음만 걸으면 닿는 길 건너편에 늘 있었으면 좋겠다.

파스칼 키냐르(1948~)는 에세이집 『하룻낮의 행복』(2017)에서 소제목으로 '시간의 근육'이라는 표현을 썼다. 맞다. 시간은 근육을 갖고 있다. 그 근육은 하루에도 몇 차례 다른 모습을 보여 준다. 풍경 속으로 나비가 들어서는 것과 고라니가 뛰어드는 것은 다른 긴장감을 일으키는 일이니까.

하루의 시간이 아니라, 하루들이 잔뜩 담겨 만들어진 '시절의 근육'도 그렇다. 긴장감이 사뭇 달랐던 여러 시절을 보내고 나니, 시간의 근육이 시절마다 달랐던 것이 비로소 보인다.

전주한옥마을 끝에 있는 한벽당에서 시작되는 '바람쐬는길'을 걸을 때면, 자전거를 타는 이들이 많이 지나친다. 대부분 너무 빨리 지나친다. 풍경을 바라보지 않고 그냥 지나친다. 지나치는 자전거에서 팽팽한 근육이 일으킨 긴장감의 꼬리가 느껴지고 시간의 근육이 어울리는 자리에 있지 않다는 생각이 든다.

바람쐬는길을 걸을 때면 사물을 아주 천천히 매만지고 바라보는 시간의 근육이 만들어지기를 기다린다. 그 근육을 가지려면 오래 기다려야 한다. 뭔가를 천천히 기다릴 때, 시간은 빠르게 지나칠 때와는 확연히 다른 성질을 드러낸다. 째깍거리는 움직임의 속도가 그대로 심장으로 전해져 심장도 그 속도에 따라 째깍거린다.

심장에서 지평선 같은 시간의 근육이 느껴진다. 빠르게 지나칠 때는 울퉁불퉁한 시간의 근육이 느껴지고, 천천히 지나칠 때는 편안하게 이완된 근육이 느껴진다. 바람쐬는길의 근육은 이완된 근육이다.

이완에서 머물지 않고, 더 색다른 시간의 근육을 느끼는 때도 있다. 구름을 보고 있을 때는 시간이 사라진다. 나뭇잎이 흔들리는 것을 보고 있을 때도 시간은 사라진다.

삶은 존재하는 시간과 존재하지 않는 시간, 심장을 째깍거리게 하는 시간과 심장 박동조차 잊게 하는 시간으로 만들어져 있다. 어느 시간을 더 많이 보내느냐에 따라 생 속에 들어 있는 시간의 근육이 달라진다.

단거리 선수는 가로무늬근이, 마라톤 선수는 세로무늬근이 발달한다. 시간의 근육도 두 가지가 있을지 모른다. 그럴 수 없겠지만, 내 시간은 세로무늬근으로만 이루어졌으면 좋겠다.

늦가을의 구름처럼 흘러가는 시간을 꿈꾸었으나, 아직은 심장의 째깍거림을 더 들어야 한다. 새털구름의 시간은 쉽게 얻어지는 것이 아니다. 쉽게 얻으려 하면 시간의 근육이 뒤죽박죽으로 얽혀 세상이 일으킨 약한 바람에도 쉽게 파열되고 만다.

자전거를 탄 사람이 또 지나친다. 이번 사람도 너무 빠르게 달린다. 시간의 근육이 너무 팽팽한 사람이다. 천천히 달렸으면 좋겠다.

Chapter 2.

사막과 바그다드 카페

한 번도 사막에 가 보지 못했지만, 모래알들이 끝도 없이 펼쳐져 있는 사막을 사랑한다. 만나 본 적도 없는 사람을 달랑 한 장의 사진으로 받아들이고 사랑하는 일일 수도 있지만, 사랑의 바닥에는 모래의 기억이 있다.

보은군 관기를 지나 옥천군 청성을 지나 금강으로 흘러 들어가는 보청천은 기대리에도 깨끗한 모래알들로 긴 모래밭을 만들었고, 초등학교 시절 자주 그곳에서 놀았다. 작은 조개인 재첩이 셀 수 없이 살고 있던 그곳에서 모래알로 탑을 쌓아 놓고 동생들과 놀던 기억이 생생하지만, 그 모래사장은 신나게 달리면 바로 끝이 나왔다. 사막 같지는 않았다.

사막을 사랑하게 된 배경에는 몇 편의 영화들이 있다. 1992년 부커상을 받은 마이클 온다체(1943~)의 소설 『잉글리시 페이션트The English Patient』를 영화로 만든 작품의 마지막 장면에 등장하는 갈색 파도가 일렁이는 사막을 사랑한다.

알마시가 죽은 캐서린을 비행기에 태우고 건너가는 그 갈색 바다와 움직임이 없는 갈색 파도를 사랑하지만, 사막에 대한 첫사랑은 다른 영화에서 시작되었다. 상영 시간이 3시간 반이 넘는 〈아라비아의 로렌스Lawrence Of Arabia〉(1962)를 만나고 생겨났다.

영화 속에서 파이잘 왕자가 로렌스(토머스 에드워드 로렌스 Thomas Edward Lawrence, 1888~1935)에게 묻는다. "사막에 끌리는 이유가 뭡니까?" 로렌스는 대답한다. "깨끗하니까요."

답을 들은 파이잘 왕자는 로렌스에게 말한다. "당신도 사막을 사랑하는 영국인 중 한 명이군. 아랍인은 사막을 좋아하지 않소. 우린 물과 나무를 좋아하오. 사막엔 아무것도 없소. 좋아할 이유가 없소."

지금이라도 사하라사막에 간다면 파이잘 왕자의 눈에 비친 로렌스처럼 '관광객의 시선'을 가진 이방인 중의 하나로 비칠 것이다. 관광객처럼 사막을 정의하지 않으려면 다른 답을 말해야 하지만 로렌스의 답은 여전히 매력적이다.

로렌스가 생각하는 깨끗함과 내가 생각하는 깨끗함이 같은 것인지는 알 수 없다. 내가 사랑하는 사막은 사하라사막처럼 모래만 가득한 잡스러운 것이 없는 '깨끗한' 의미의 사막이 아니다. 생명의 기운을 조금도 낭비하지 않는 의미로서의 깨끗함이 존재하는 사막이다.

사막에서는 생명을 위한 모든 것이 소중해진다. 생명을 이어가는 모든 풍경이 별처럼 명징해진다. 한 방울의 이슬도 헛되이 사용되지 않는다. 아주 작은 실족도 죽음으로 이어지기 때문에 신중하게 쓸모를 다한다.

사막은 생각과 행동의 과장이나 넘침을 허용하지 않는다. 도시에서의 삶은 과장이나 넘침이 허용되고 때론 과장과 넘침을 세계를 굴러가게 하는 동력이자 미덕으로 여기지만 사막에서는 조금도 허용할 수 없는 치명적인 낭비에 불과하다. '쓸모'라는 말조차 바스러진다.

느낌, 결정, 행동 모두를 밑바닥에 겨우 남은 생명수를 사용하듯 간결하고 담백하게 사용해야 한다. 사막에서 마지막을 맞은 생명은 냄새조차 깨끗해진다고 한다. 생명의 기운과 방울들을 말끔히 사용했기 때문일 것이다.

어느 공간에든 불필요하게 존재하는 것들이 있을 수 있다. 그 존재들이 우리가 마시는 공기를 함께 마셔 버려 우리가 존재하는 시간을 짧게 만들고 고통스럽게 만든다고 믿는다. 그런 존재들은 잡초처럼 제거되어야 한다고 믿는다. 무수한 존재들이 촘촘하게 존재하는 세상에서 우리는 뭔가를 더 채우기 위해서 분투하는 것만큼이나 뭔가를 제거하려고 애쓴다.

사막은 클라우디오 마그리스(1939~)가 『다뉴브』(1986)에서 말한, 실존을 방해하는 '불필요한 누적물'—도시에서는 충분히 쓸모를 찾을 수 있었을—이 깨끗하게 소거된 공간이다. 모든 것을 벗어 던진 나신裸身 같은 실존이 그곳엔 있다.

사막은 삶의 풍경이 진화하고 또 진화한 끝의 마지막 풍경이다. 사막의 풍경을 이룬 모래는 결코 잉여가 아니다. 진화의 마지막 알갱이들이 쌓여 이룬 거대한 배경이다.

사막에서의 삶은 최소한의 것들로 영위된다. 한쪽 발이 빠지기 전에 다음 발로 물 위를 딛듯 재빠르게 다리를 옮겨 뜨겁게 달아오른 사막의 열기를 피하는 낙타거미처럼 최소의 동선으로 최대의 효율을 만들며 생명을 지켜 주는 그늘로 달아나야 한다.

사막에서는 삶과 죽음 사이가 너무도 가깝고, 그 가까운 거리가 명징하게 눈에 보인다. 그것이 사막을 사랑하는 이유다.

사막을 사랑하게 만든 또 다른 영화는 〈바그다드 카페 Bagdad Cafe〉(1987)다. 영화에는 모래가 가득한 사하라사막과는 다른 풍경의 사막이 등장한다. 흙먼지가 풀풀 날리고 뿌리 뽑힌 풀들이 바람에 데굴데굴 굴러가는 볼썽사나운 모습의 사막이다.

남편과 함께 독일에서 미국으로 관광을 온 야스민은 여행 도중 남편과 다투고 캘리포니아 사막 한가운데를 지나던 차에서 내려 버린다. 하필 사막에서 반란을 일으킨 야스민은 황량한 사막의 도로를 걷다가 화물트럭 운전사들이 가끔 휴식을 취하는 허름한 모텔 겸 휴게소인 〈바그다드 카페〉에 도착한다. 그렇게 어느 사막의 이야기 하나가 시작된다.

바그다드카페를 찾는 이들은 사막을 가로지르는 이들이다. 정주하는 것이 아니라 잠시 들러 숨을 돌릴 뿐이다. 그들은 사막을 어쩔 수 없이 지나칠 뿐이지 꿈을 꾼 것이 아니다.

카페에 삶을 걸고 있는 이들조차 애초에 사막을 꿈꾸었던 것이 아니다. 누가 처음부터 바싹 마르고 흙먼지가 풀풀 날리는 삶을 꿈꾸겠는가. 그들도 젖과 꿀이 흐르는 오아시스를 꿈꾸었지만 꿈과 달리 그들의 삶은 뿌리 뽑혀 사막을 구르는 덤불처럼 돼 버렸다. 사장 브렌다를 비롯한 카페 식구들에게서는 번듯했던 삶의 기억과 생기도 찾을 수 없다.

바로 그곳에서 여성적인 매력과는 거리가 멀지만, 자스민 Jasmine 꽃과 같은 이름을 가진 야스민(페르시아의 야스민이 유럽으로 건너가 자스민Jasmine이 되었다)이 사막에 생기를 불어넣는 꽃을 피워 낸다.

그제야 사막의 바그다드카페는 본래의 꿈이었던 오아시스가 된다. 사막도, 사막 너머 라스베이거스Las Vegas의 화려함도 오아시스가 된 바그다드카페로 인해 본래의 빛을 발한다. 그것을 가능하게 만든 것은 야스민의 마술, 야스민의 홀로서기다.

니체(1844~1900)는 『차라투스트라는 이렇게 말했다』(1885)에서 사막에 대해 이렇게 썼다. "사막은 자라난다. 사막을 품고 있는 자에게 화禍가 있을 지라!"고. 야스민은 스스로 먼저 꽃을 피움으로써 자라나는 사막을 어떻게 멈출 수 있는지를 보여 준다. 그 때문에 다른 이들도 꽃 피우는 병에 전염된다.

사막은 광활하지만, 욕심이 개입될 여지가 거의 없는 공간이어서 사막 안에 삶을 만들기 쉽지 않다. 사막의 매력은 바로 그것에 있다. 누구도 삶의 공간으로 사막을 독점할 수 없다. 독점해 봐야 그 안에서 살아남을 수 없다.

도시는 젖과 꿀이 넘쳐 나는 공간이지만 자본이 없으면 살아남을 수 없다. 돈이 있어야만 말뚝을 박고 내 것이라고 주장할 수 있다. 돈이 없다고 절망하는 순간, 모든 것이 넘치고 화려하게만 보이는 도시가 생존 불가능한 사막과 동의어가 된다.

도시는 사막과 비슷하지만 독점하려는 이들이 우글거린다. 도시를 독점하려는 이들은 도시를 자신에게는 젖과 꿀이 흐르는 오아시스로 만들지만, 타인에게는 메마른 사막이 되게 만든다. 그래야만 자신들이 독점적 권력을 휘두를 수 있기 때문이다. 그들을 막지 못하면 도시는 점점 더 사막화된다.

돈을 갖지 못한 이들이 눈을 돌릴 때마다 만나는 것은 젖과 꿀이 흐르는 오아시스가 아니라, 오아시스 신기루다. 때와 장소를 가리지 않고 출몰하는 신기루 때문에 가난한 이들의 갈증은 더 심해진다. '도시'라는 사막은 그 어떤 사막보다 더 지독하게 사람을 말라붙게 한다. 사막에서는 몸이 먼저 말라붙지만, 도시에서는 영혼이 먼저 말라붙는다.

Chapter 3.

모래알의 노래

초등학교 4학년 때부터 3년 동안 국가 정책에 의해 만들어진 '새마을촌'이라는 기이한 이름의 동네에 살았다. 새로 만들어진 동네이기는 했지만, 동네 근처 뚝방을 넘어가면 금강으로 흘러 들어가는 큰 냇물이 흘렀고, 수업이 끝나면 늘 그곳으로 달려갔다. 숙제는 존재했으나 학원은 존재하지 않았던 시골에서의 유년 시절 속으로 모래는 깊이 쏟아져 들어와 각인되었다.

고향을 떠난 이후로 큰 냇물이 흐르고 모래밭이 있는 곳과는 멀어질 대로 멀어졌지만, 모래에 대한 애정은 사라지지 않았다. 오히려 더 깊어졌고, 그리움도 함께 깊어졌다. 여행을 좋아하지 않아서 해외에 나간 경험이 거의 없고 앞으로도 계획은 없지만, 사막만큼은 꼭 가 보고 싶은 것도 오로지 모래 때문이다.

모래는 특별한 물성을 지니고 있다. 돌과 다르고, 흙과 다른 물성을 갖고 있다. 너무 딱딱하지도 너무 무르지도 않다. 모래가 그렇게 좋았던 것은 깨끗하고 파고 들어가기 쉬웠기 때문이었다. 손을 파묻기도 발을 파묻기도 몸을 파묻기도 쉬웠다. 아주 자잘한 것들이 몸에 닿는 느낌도 특별했다. 모래를 잔뜩 묻히고 물속으로 뛰어들어 물결에 흘려보내던 놀이는 사물에 대한 특별한 감각을 가르쳐 주었다.

모래를 자주 생각하게 되면서, 모래는 심상과 의미의 세계를 파악하는 중요한 사물로 자리하게 되었다. 모래는 경계를 알려 주는 이정표 같은 것으로 자리하고 있다. 모래로 세계를 이해하고 있는 셈이다.

모래는 세계의 경계에 있다. 바다와 육지 사이의 경계에 모래가 있다. 초등학교 시절 놀았던 모래밭도 냇물과 땅의 경계에 있었다. 모래는 두 세계가 만나 충돌하며 만들어진 흔적이다. 바다와 육지가 만난 흔적이고, 강과 땅이 만난 흔적이다.

크기만 다를 뿐이지 성질이 완연히 다른 두 세계가 만나 이루어 낸 제3의 지대이고, 두 세계가 서로의 경계를 무너뜨리지 않고 마주치는 완충 지대다. 모래밭에서 만나 두 세계가 본래 가진 것과는 다른 제3의 성질을 만들어 낸다. 그래서 늘 신비롭게 느껴진다.

사하라사막에서 길을 잃으면 곡두(신기루Mirage)가 나타나고, 바다에서는 아더Arthur 왕의 이복누이인 마녀 모르가나가 만들어 낸 마법의 영상인 파타 모르가나Fata Morgana가 나타나 뱃사람의 혼을 빼앗고, 헝가리 평원에는 교회탑이 거꾸로 선 델리밥이 나타난다고 한다.

교회탑이 나타나는 것은 제쳐 놓고, 어째서 사하라사막에서는 샘을 가진 푸른 숲과 미녀가 물병을 들고 멀리서 손짓을 하는 것일까. 사하라사막에는 빛이 있고, 뜨거운 열기가 있기 때문이다. 아프리카의 신기루는 태양이 낳았다.

아프리카 사막의 열기 유령은 다른 사막에서는 다른 유령으로 나타난다. 마르코 폴로(1254~1324)는 『세계의 서술(동방견문록)』에서 타클라마칸의 사막에 유령이 있다고 말했다. 함께 가던 일행을 놓치고 뒤로 처진 여행자들은 자신들이 잘 아는 이가 부르는 소리를 듣게 되는데, 유령의 유혹인 그 목소리를 따라가면 죽음을 맞게 된다고 한다.

어째서 타클라마칸에서는 오아시스와 파타 모르가나가 사라지고 익숙한 목소리가 들려오는 것일까. '들어가면 다시는 나올 수 없다.'는 의미를 지닌 끝없는 붉은 사막인 타클라마칸에는 어째서 눈을 현혹하는 유령이 아니고 귀를 현혹하는 유령이 사는 것일까. 사막 주변에 사는 이들의 밝은 눈을 속일 수 없었던 사막의 유령이 귀를 현혹하는 법을 배웠기 때문일지 모른다. 목소리로 속이던 버릇을 길을 잃은 이방인들에게 썼을 것이다.

현혹하는 소리가 어디서 온 것인지 알아보려면 전생을 떠올려 볼 수도 있다. 모래알의 전생은 거대한 바위나 여러 종류의 돌이었다고 믿겠지만 그렇지 않을 수도 있다. 어느 바닷가에 갔을 때 보석처럼 빛나는 작은 색색의 돌이 있었다. 보석이 아니라 한때 병을 이루었던 유리 조각이 파도에 쓸려 다른 돌들과 몸을 비비며 닳아진 것이었다. 닳아진 유리 조각은 둥근 모습을 갖게 되며 소리도 달라졌다. 거대한 '사막 바다'의 모래알들도 한 알 한 알마다 우리가 모르는 전생이 있을지 모른다. 그 전생이 가졌던 소리와 후생이 된 모래의 소리 사이에 어떤 차이가 있는지 우리는 모른다.

도시에도 사막이 있다. 어쩌면 도시 전체가 사막인지도 모른다. 사하라에서는 눈 때문에 길을 잃고, 타클라마칸에서는 귀 때문에 길을 잃는데 도시 사막에 사는 이들은 무엇 때문에 길을 잃을까. 눈과 귀 때문일까, 코와 혀 때문일까. 도시 사막에는 길을 잃도록 유혹하는 눈부신 영상, 세이렌의 노랫소리, 익숙한 목소리가 모두 존재한다. 모두를 경계해야만 도시 사막에서 살아남을 수 있다. 구원이 필요할 때 다가온 다정한 이미지와 익숙하고 달콤한 목소리는 구원이 아닐 수도 있다.

사막을 생각하면 짧은 한 편의 시가 떠오른다. 오르탕스 블루의 「사막」이 떠오른다.

그 사막에서

그는 너무나 외로워

때로는 뒷걸음질로

걸었다

자기 앞에 찍힌 발자국을

보려고

발자국…… 그랬다. 혼자서 걷는 곳에서 발자국은 더 명징했다. 손을 잡아 주는 이가 없는 곳에서 더 선명했다. 모래 깊이 묻히며 만들어 낸 뽀드득 소리는 자신의 발걸음이 낳은 울음이었다. 귀신 발걸음 소리처럼 들려온 것이 자신의 혼잣말이었다. 혼자 걷는 이는 자신의 발자국에서 공포가 솟아나는 것을 본다. 그 발자국이 지워지면 자신도 지워지기 때문이다.

두려움 가득한 마음으로 혼자 걷는 사막을, 모래 깊이 박히는 발자국을 생각하고 있을 때, 어느 목소리가 다른 사막에 관해 이야기해 주었다. "목이 마르는 건, 몸속에 사막이 있기 때문이야. 우린 늘 몸속 사막에 바람이 일지 않도록 애를 써야 해. 바람이 일기 시작하면 길을 가리게 되고 인생이 뒤틀리게 되지. 언덕이 생기고, 깊은 늪이 생기지."

사막이 메마르지 않으려면, 생이 메마르지 않으려면 비가 내려야 한다. 메마른 것들을 속 깊이까지 적시려면 오랫동안 비가 내려야 한다. 사막에서 오랫동안 발아하지 못하고 있는 푸른 기억을 모두 적셔야 한다. 사막에도 비가 내린다. 때론 사막이 빨아들이는 것보다 더 빠르게 쏟아져 순식간에 강을 이루기도 한다.

그런데 마른 강줄기를 말라붙은 혈흔처럼 남겨 두고 강은 사라진다. 사막에 내린 비는 대체 어디로 간 걸까. 거세게 내린 비가 만든 강이 오래 지나지 않아 사라지는 것은 오직 사막에서만 일어나는 일이다.

그냥 사라지는 것이 아니다. 그런 일은 있을 수 없다. 세계는 언제나 내막을 품고 있다. 깊은 곳으로 내려간 것이다. 사막은 무한정의 저장고 위에 펼쳐진 덮개다. 사막은 보이지 않는 저 밑에 거대한 저장의 웅덩이를 가졌다. 덮개가 너무 압도적이어서 아무것도 없는 것으로 여길 뿐이다.

사막 같은 사람이 되고 싶었다. 보이지 않는 거대한 저장의 웅덩이를 가진 사람이 되고 싶었지, 아무것도 저장하지 않고 흘려 버리는 아스팔트 같은 인간이 되고 싶지 않았다. 아스팔트 인간과 콘크리트 인간은 하늘에서 내려온 비와 별빛을 저장하지 못한다.

오래전의 이야기꾼들은 저장 능력으로 평가되었다. 이야기를 저장했고, 풍경을 저장했고, 사람을 저장했다. 이제 사람들은 저장하지 않는다. 너무도 슬픈 운명을 갖게 되었는데, 정작 자신들의 발걸음 소리를 무서운 존재가 쫓아오며 내는 소리로 착각하고 달아나는 슬픈 운명을 깨닫지 못하고 있다.

Chapter 4.

폐허가 된 날개

자연 다큐멘터리를 보다가 뉴질랜드에 사는 날지 못하는 새 키위kiwi의 모습을 만났다. 날지 못하는 새 중에 작은 새인 키위가 마다가스카르에 살다가 사라진 거대한 코끼리새와 가까운 친척이란다. 가장 작은 존재와 가장 큰 존재가 친척이라니, 놀랍다. 문득 더는 날지 못하게 된 날개가 폐허 같다는 생각이 들었다. 몸에 폐허를 갖고 사는 새라니. 폐허는 얼마나 아름다운지!

몸의 가장 중요한 부분을 폐허가 되게 하고, 고단한 나래짓을 멈추고 날개를 바라보며 오래전의 영광을 돌아보는 삶을 허락해 주는 땅도 아름답다.

아쉬움은 있을 것이다. 날개를 펴고 높이 올라 내려다보는 세계의 모습은 인간은 상상할 수 없는 질감과 색감, 음영과 입체감으로 다가올 테니 말이다. 그걸 내려놓게 한 것은 평화였을 것이다.

날지 못하는 날개는 아직도 날고 있는 날개들보다도 더 긴 시간의 이력을 가졌다. 날기 이후의 시간을, 잠시 지상에 내려앉은 것이 아니라 영원으로 만든 이력이다. 그 영원을 받아들이는 지질의 공간이 있어서 가능했던 일이다.

날개를 폐허로 만든 키위가 사는 곳이 과연 폐허였을까. 뉴질랜드는 폐허가 아니었다. 마오리족에게 멸종당한 모아Moa도, 티블스Tibbles라는 이름을 가진 고양이에게 뉴질랜드 북부 스티븐스섬에서 마지막 무리가 멸종당한 스티븐스굴뚝새 Stephens Island Wren도 날개를 쓰지 않고도 살 수 있었기 때문에 제 몸의 가장 빛나는 역사를 폐허가 되게 했다.

몸에서 가장 빛나는 것이 폐허가 되었다면 그곳은 아름다운 공간이지 폐허의 공간일 수가 없다. 날개로 피해야만 하는 욕망이 없는 곳이 폐허라면, 그 폐허는 이 세상에서 가장 아름다운 폐허다. 그토록 아름다운 폐허에 인간이 찾아들어, 제 몸에 아름다운 폐허를 만든 생명들을 지워 버렸다. 이미 폐허를 만들어 위대한 문명이 된 새들을 멸종시켰다.

그 아름다운 역사가 지워지고 있는 곳에서 이제 얼마 남지 않은 키위와 타카헤Takahē가 폐허를 품은 몸으로, 모아와 스티븐스굴뚝새가 사라진 땅을 배회하며 위대한 진화가 더는 쓰임이 없었던 시대를 떠올리며 울고 있다.

인간은 어쩌다가 날개를 가진 존재들과는 그토록 다르고 독성 강한 폐허를 갖게 되었을까. 인간의 몸 어디에도 날개가 존재했던 폐허가 없기 때문이다. 그런데도 인간은 날개를 갖게 되었다. 금속으로 만들어진 날개에 몸을 싣고 아름다운 폐허를 지닌 존재들의 땅으로 아무 때나 찾아들어 죽음을 퍼뜨리고 있다.

인간은 무덤새에게 배워야 했다. 어미가 땅을 파고 묻어 준 흙 속에서 낙엽들이 썩어 가며 만든 열기로 태어나 스스로 땅을 열고 나와 곧바로 먹이를 향해 달려가는 무덤새에게서 폐허와 어떻게 삶을 나누어야 하는지를 배워야 했다.

날개를 갖고 있고, 날개를 폐허로 만든 날개 부족에게 가짜 날개를 지닌 인간은 머리를 숙이고 용서를 빌어야 한다.

용서를 비는 것은 폐허의 의미를 깨닫는 것에서 시작해야 한다. 발길이 뜸해지고, 마지막까지 지키던 사람도 떠나고 나면 공간은 더욱 한적해지고 마침내 공간은 인간을 위해 할 일을 마친다. 그리고 이름을 얻는다. 그 이름이 '폐허'다.

폐허는 아무도 찾아오지 않아서 조용하고 평화롭다. 폐허가 더럽고 추하다는 시선은 더는 인간이 사용할 수 없는 공간이라는 '쓰임'만을 따지는 생각에서 생긴 편견이다. 인간의 눈을 벗어나면 폐허는 다른 생명체들에게는 궁전이고 낙원이다.

인간에게는 무용하고 다른 생명체들에게는 유용한 공간이 되었다는 사실과 무관하게 폐허는 존중되어야 한다. 어째서 폐허를 존중하지 않는 것일까.

쓰임의 이력이 짧았든 길었든 쓰임의 시간을 지나야만 폐허가 될 수 있다. 현재의 모습이 아니라, 현재에 이르기까지의 이력이 존중되어야 한다. 그걸 존중하지 않는다면 우리 자신도 존중하지 않게 된다. 사람들도 쓰임의 시간을 지나고 나서는 폐허를 향하여 나아간다.

폐허가 된 공간의 사물들은 이제 편히 쉬며 낡아 가고 있다. 사물들도 은퇴한다. 사람들은 은퇴하지 않으려고, 낡아 가지 않으려고 움직이고 또 움직인다. 편히 쉬지 않으면 낡아 가지 않는 것일까. 쉬든 쉬지 않든 낡아 가는 것을 피할 수 없다. 사람도 사물도 폐허의 시대와 풍경을 반드시 지나야 한다.

햇살이 폐허를 읽는 독법을 배워야 한다. 폐허에서 햇살은 아무런 방해 없이 담벼락과 돌과 낙엽들을 지그시 응시한다. 폐허의 사물들은 그 응시를 조금도 거부하지 않고 온전히 다 받아들인다. 사물과 시간은 폐허에서 온전히 빛난다.

마음이 폐허처럼 될 수 있을까. 아무도 찾아오지 않아도, 햇살을 방해하지 않는 것만으로 그득할 수 있을까. 피사리 가던 길옆, 한적하고 조용했던 북실마을 작은 웅덩이의 소금쟁이와 물맴이처럼 시간의 웅덩이를 유영할 수 있을까.

그랬으면 좋겠다. 그렇게 된다면 날개를 가진 존재들이 편히 쉬고 있는 공간을 부수고 그 자리에 결국은 폐허가 될 것들을, 금세 쓰임이 끝날 것들을 새로 만드는 일에 허덕이지 않아도 된다. 허덕이는 그 시간을 낡아 가는 것들을 바라보는 일에 사용하면 된다.

2015년 여름, 20년을 다닌 직장을 남들보다 아주 이른 나이에 그만두었다. 다시 철새가 되었다고 생각했을 때 다음으로 날아갈 곳을 생각했다. 잠시 고향을 떠올렸지만, 날개가 생기고 가을이면 다시 날아오르는 습성이 생긴다 해도 달빛을 받으며 고향으로 날아갈 생각은 조금도 없었다.

고향에 대한 애착의 감정이 무수한 애증의 영상들과 함께 달과 별 사이로 난 길을 따라 흘러가 버렸다. 그렇게 떠난 시간은 예전의 어떤 영상도 데리고 돌아오지 않으리라 믿었다. 그런데 뭔가 돌아오고 있다는 이상한 느낌이 들었다. 다른 시간으로 달려가던 기차가 갑자기 멈추고 되돌아오는 느낌이었다.

아이들을 데리고 고향을 찾았다. 살았던 흔적들을 보여 주기 위해서였다. 몇몇 흔적과 공간들은 낡고 허물어져 가는 속에서도 옛 시간을 품고 있었지만, 다른 흔적의 자리들은 다른 이의 흔적과 공간으로 메워져 기억에 없는 사물과 자리로 바뀌어 있었다. 변한 모습을 지켜보는 일은 고통스러웠다.

언젠가는 그 시간도 노을의 시간에 닿을 것이다. 세상의 빛을 붉게 머금은 뒤에 산을 넘어가는 시간과 함께 사라지게 될 것이다. 내가 있든 없든 시간은 그렇게 흐를 것이다. 나는 그곳의 증인이 되지 않는 쪽을 선택했다.

삶은 활착活着의 과정, '내려앉기'다. 끊임없이 변화가 요구되는 것은 우리의 삶이 공간의 대지에도 내려앉지만, 시간의 대지에도 내려앉기 때문이다.

고향을 떠났다가 돌아왔을 때 예전에 살던 동네에 아파트가 들어서 있거나 논과 밭이 다른 용도의 공간으로 변해 있으면 우리의 기억이 새로운 공간에 활착해야 한다고 생각할 수 있다. 하지만 공간이 아니라 시간에 활착하는 것이다.

인간의 욕망으로 인해 정물의 등고선이 계속해서 변화하는 공간처럼, 시간의 등고선도 인간의 욕망이 일으키는 지진에 의해 끊임없이 변화한다. 공간에서 일어나는 변화보다도 시간의 대지에서 일어나는 변화는 더 급박하고 격렬하다.

공간에서는 고작 지하실을 만들고 지하철을 만들지만, 시간의 대지에서는 지하를 뒤집어 허공에 띄워 놓기도 하고, 하늘을 접어 지하에 묻어 버리기도 한다.

시간의 대지에서 우리는 서로 다른 시간의 역에서 출발하여 활착을 위한 여행을 시작한다. 더러 같은 역에서 출발하는 사람들도 있지만, 같은 역에서 내리지는 않는다.

시간의 대지에 활착하는 것을 거부할 수도 있고, 순응할 수도 있다. 개인마다 순응과 거부의 정도가 다르고, 다른 정도에 따라 삶의 형상이 달라진다. 그 달라진 형상들이 모두 모여 이룬 것이 세상의 형상일 것이다. 순응의 형상이라고 부를 수도, 거부의 형상이라 부를 수도 있을 것이다.

Chapter 5.

건반이 만든 세상

가장 사랑하는 영화를 꼽으라면 고민 끝에 알레산드로 바리코(1958~, 이탈리아)의 짧은 소설 『노베첸토Novecento』(1994년)를 영화로 만든 〈피아니스트의 전설The Legend Of 1900〉(감독 쥬세페 토르나토레, 1998)을 꼽을 것 같다. 미학에만 집중한 현실성 없는 이야기라고 해도 순위를 바꾸기 어렵다.

주인공 나인틴 헌드레드(팀 로스)는 곧 폭파되어 사라질 배에서 내리기를 거부하며, 그를 살리기 위해 찾아온 친구 맥스와 마지막 대화를 나눈다.

'1900'은 딱 한 차례 배에서 내리려 한 적이 있었다. 그는 계단 중간에서 멈추었고, 끝내 돌아섰다. 맥스는 그에게 왜 그때 내리지 않았는지를 묻는다. '1900'은 배에서 내리지 못한 이유를 이렇게 설명한다.

"피아노를 봐. 건반은 시작과 끝이 있지. 어느 피아노든 건반은 88개야. 그건 무섭지 않아. 하지만 배에서 막 내리려 했을 때, 수백만 개의 건반이 보였어. 너무 많아서 절대로 어떻게 해 볼 수 없을 것 같은…… 그것으로는 연주를 할 수가 없어. 피아노를 잘못 선택한 거야.

그건 하느님이나 가능한 거지. 어떻게 그것들 가운데 하나를 고르지. 한 명의 여자와 하나의 집. 어떻게 한 평의 땅과 죽을 장소를 고르냐고. 그건 너무 힘들어. 어디가 끝인지도 모르면서 어떻게 하나의 삶을 택할 수 있지? 힘들지 않아?

난 이 배에서 태어났어. 여기서 계속 살았고. 수천의 사람들을 만났지. 하지만 그들에겐 희망이 있었어. 적어도 이 배 안에서만큼은, 확실한 목표가 있었다고. 난 그렇게 사는 걸 배웠어. 육지라고? 그건 내겐 너무 큰 배야. 너무 아름다운 여인이고. 끝나지 않는 여행이며, 너무 강한 향수고. 내가 절대로 못 만들 음악이었어."

'1900'은 피아니스트로서의 화려한 삶이 기다리고 있을지도 모르는 육지의 삶을 선택하지 못했기 때문에 다시 배로 돌아갔다. 배에서 내리면 그의 음악을 기다리는 세상이 있었고, 아름다운 여인을 만났으니 쉽게 선택할 수 있으리라 믿었는데, 그는 그러지 못했다.

결정적인 순간이 다가오면 선택해야 한다고, 그것도 좋은 쪽으로 선택해야 한다고 우리는 생각한다. 우리가 들었던 숱한 충고들이 그런 생각을 굳어지게 만들었다. 그 생각을 따른다면, '1900'은 선택하지 못한 사람일 뿐이다.

그런데 정말 그가 두려움이나 우유부단함 때문에 선택하지 못한 사람일까. 어쩌면 가장 중요하고 무거운 선택은 여러 가지 중 하나를 반드시 선택해야 한다는 것을 거부하고 선택하지 않음을 선택하는 것일 수도 있다.

선택을 선악이나 우열의 문제로 여기고는 한다. 하지만 세상은 선과 악으로 나뉘는 것으로만 구성되어 있지도 않고, 수직적으로 우열을 가릴 수 있는 것들로만 구성되어 있지도 않다.

선도 악도 아닌 것이 대부분이고, 수평적인 것들로 세상은 가득하다. 우리 앞에 까만 눈동자를 반짝이며 선택을 기다리고 있는 선택지들도 그런 것들이 대부분일 것이다. 단지 우리의 선택에 무게를 더하기 위하여 더 좋고, 선하고, 피할 수 없었던 것으로 치장하거나 명분을 세워 주는 것인지도 모른다.

나쁜 선택이라고 생각되는 것들은 지금의 선택이 다음 선택과 만나 만들어 내는 불협화음 같은 것이지 않을까 싶다. 88개의 건반 중에 좋은 소리가 있거나 나쁜 소리가 있지는 않을 것이다. 비틀즈의 〈Yesterday〉에는 불협화음이 쓰였다고 하는데 아름답게 들리기만 한다.

인간이 사는 시대와 공간은 건반이고, 인간은 그 건반이 만들어 낸 음악이다. 과연 좋고 나쁨이 존재할 수 있을까? 발라

드는 좋고, 하드록은 나쁘다고 말할 수 있을까?

영화 〈카핑 베토벤Copying Beethoven〉에서 베토벤(1770~1827)은 "음악은 신의 언어야."라고 말한다. 기억 속을 배회하고도 아직 이름을 찾아내지 못한 어느 작가는 신이 존재한다면 그 증거는 음악이라고 말했다.

파스칼 키냐르(1948~)는 『음악 혐오』(1996)에서 음악은 "소리를 내는 허수아비"일 뿐이라고 썼다. 베토벤의 이야기와 연결하면, 신의 언어가 공허나 허무에 닿을 수도 있다. 그런 이유에서 파스칼 키냐르의 생각에 동의하기 어렵다. 음악을 듣다가 공허와 허무를 느끼기도 했지만, 그걸 이기게 해 준 것도 음악이었다.

음악은 곡을 쓰는 이와 연주하는 이가 존재해야 완성된다. 누군가를 만나는 것은 그를 이용하여 자신의 음악을 만드는 일이 아니다. 두 사람의 음악을 함께 만드는 일이다. 누군가를 사랑하는 것은, 그이가 만들고 연주하는 음악을 가까이서 즐기고 나의 음악을 그이와 함께 즐기겠다는 약속이다.

사랑하는 이의 음악이 언제나 아름답게만 들리지는 않을 것이다. 어느 날은 견딜 수 없는 불협화음으로, 좋아하지 않는 장르의 음악으로 들릴 수 있다. '저 음악을 계속 들어 주어야 하나?' 하는 막다른 생각이 들 때도 있을 것이다. 하지만 그이도 똑같은 권태와 의문을 갖고 나의 음악과 연주를 그렇게 듣고 있을지 모른다.

어떤 음악을 연주하고 있는지를 자신에게 먼저 물어야 한다.

자신의 음악 안에 세계의 비의와 생의 비의가 어우러져 있는지, 아름다운 꽃이 바람에 흔들리는 것처럼 흔연히 빠져들 만한 시간을 만들어 내고 있는지 자신에게 물어야 한다.

음악은 연주하는 이와 듣는 이가 함께 만들어 내는 시간이다. 연주하는 이와 듣는 이의 역할을 생의 끝까지 번갈아 맡겠다는 약속은 어떤 영혼으로 살지를 선택하는 일이다. 〈피아니스트의 전설The Legend Of 1900〉 속 나인틴헌드레드는 그 선택이 결코 쉽지 않을 것임을 알았던 것 같다.

삶을 돌아보니, 인생의 많은 부분이 비어 있다. 부지런한 사람들이 덜어 내기를 권했던 잠과 식사 시간 같은 것으로는 메워질 수 없는 공백이다. 기억에 낀 녹을 박박 문질러 닦아도 빈 시간은 채워지지 않는다.

대체 어디로 간 걸까? 그러다 문득 생각났다. 말문이 막혔던 순간들, 눈앞이 캄캄해졌던 순간들, 가슴이 콩닥거렸던, 귀가 먹먹해졌던, 발걸음이 떼어지지 않던, 눈동자 속으로 강물이 밀려들었던 순간들…….

말과 글로는 표현할 수 없는 그런 순간들이 있었다. 그 순간들이 미처 계산에 포함되지 않은 채 비밀스러운 공간 속에 자리 잡고 있었다.

누군가 흔들어 주지 않았다면 굴러떨어지는 돌처럼, 심지에

불이 붙은 화약처럼, 떨어지다가 멈춘 물방울처럼 지금도 여전히 하나의 순간으로 머물러 있을 시간이었다.

멈추었다가는 가고, 멈추었다가는 다시 가고 하는 사이에 기억에서 누락되고 만 시간이었다. 어쩌면 그 짧고, 막막하고, 먹먹하고, 너무나 뜨거웠고, 너무나 차가웠던 순간들이 생의 진짜 실체였는지도 모른다.

왜 그 순간들이 자리한 곳을 공백으로 생각했을까. 토네이도처럼 큰 회전이었고, 심해만을 울리는 낮은 목소리였고, 눈을 멀게 하는 명징한 색깔이었고, 모든 풍경이 통과하는 맑은 이슬이었고, 솜털들을 겨우 눕히는 잔잔한 바람이었고, 깨어나지 않고 더 깊이 잠들게 하는 부드러운 다독임이었기 때문이었을까.

말로 설명되는 것들은 매번의 순간들에서 피어난 구름일 뿐이었다. 새털구름이었든, 먹장구름이었든, 비늘구름이었든, 양떼구름이었든 우리는 구름만 보았을 뿐, 구름을 만든 씨앗을 깨닫지 못하고 살아왔다.

비어 있다고 생각했던 자리에서 울리는 음악을 듣는다. 높고, 낮고, 넓고, 좁은 형형색색의 음표들이 몸을 울리는 것을 느낀다. 나는, 신께서 풍경과 시간의 손가락으로 지그시 누른 건반에 불과하다는 것을 또 깨닫는다.

Chapter 6.

신이 엿듣는 음악

문화 비평 글을 자주 쓰게 되니 문화에 대해 남긴 명언들을 메모해 놓고 기억하려 애를 쓴다. 그중 하나가 테어도어 아도르노(1903~1969)의 "위대한 곡조가 샤워실에서 들리거나 지하철에서 휘파람으로 불릴 때 문화는 죽는다."는 말이다.

위대한 곡조가 격조 높은 무대의 계단을 내려가 너무 수준 낮은 곳에 둥지를 튼 순간 위대함을 부여했던 문화가 끝날 것이라고 아도르노는 생각했던 것 같다.

한편으로는 위대한 문장들, 위대한 곡조들, 위대한 그림들이 대중들과 만나는 과정에서 유행가처럼 취급받는 초라한 운명을 맞을까 봐 걱정했던 것일 수도 있다. 이 시대의 문화적 풍경을 떠올려 보면 아도르노의 걱정이 현실이 돼 버린 것을 인정해야 한다는 생각도 든다.

샤워실의 흥얼거림이나 지하철에서의 휘파람으로 불리며

위대했던 자리가 더 이상 지켜지지 않아도 위대한 예술은 계속 탄생할 수밖에 없다. 누군가는 생활고를 견디면서까지 위대한 예술을 하겠다는 결심을 이 순간에도 하고 있을 테니 말이다.

천 년 전의 사랑으로 탄생한 예술의 수정란이 구름 속으로 들어갔다가 어느 초라한 음악가의 집 창문에 황금 소나기로 쏟아져 기어코 악보가 자라고야 마는 운명이, 어느 가난한 집의 원고지에 별빛으로 쏟아져 긴 문장으로 흘러가는 운명이, 어느 눈먼 이의 손가락에 천둥과 번개로 찾아들어 신들린 춤을 추게 만드는 운명이 어떻게든 태어나기 때문이다.

아도르노의 걱정을 위로하고자 하는 예술 세계의 선지자가 있다면 이런 말을 건네줄지도 모른다.

"문화가 죽은 자리에서 문화의 불사조가 태어난다."

그리고 그 말이 인간과 예술의 관계를 말해 주는 비밀이 되지 않을까 싶다. 인간은 예술을 절대 포기하지 못한다는 비밀.

인간이 예술을 포기할 수 없다는 것이 비밀이 될 수 있겠느냐는 의심이 든다면 영화 〈피아니스트〉(2003)를 떠올리면 된다. 영화의 주인공인 유대계 폴란드인 피아니스트 슈필만(블라디슬로프 슈필만Wladyslaw Szpilman, 1911~2000)과 그에게 연주를 부탁한 독일 장교 호젠펠트는 예술이 왜 위대한지, 위대한 예술이 어떻게 살아남는지를 보여 주고 있으니까.

그 비밀을 인정하는 이에게는 신이 창조한 세계가 연주하는 위대한 곡조가 비로소 들릴지도 모른다. 밖으로 나가면 세상이 울리기 시작할 것이다. 동물의 곡조가 울리기 시작하고, 식물의 곡조가, 물의 곡조가, 번개 너머의 보이지 않는 존재가 멀리 떨어진 곳에서 울린 곡조가 들리기 시작할 것이다.

샤워기에서 시원한 물 대신에 독가스가 흘러나왔던 악마의 시대에 슈필만과 호젠펠트가 음악으로 마주할 수 있었던 것은 위대한 곡조가 있는 곳이라 음악의 천사가 함께 자리했기 때문이리라.

미셸 투르니에(1924~2016)는 『예찬』(2000)이라는 책에서, 천사들이 신을 위한 의식을 집행할 때는 바흐를 연주하고, 자기들끼리 있을 때는 모차르트를 연주하는데 정작 신은 모차르트를 엿듣는다는 이야기를 '앙젤리스 슈와즐뤼스'라는 신비주의자가 했다고 적고 있다.

그 신비주의자가 누구일까 하고 검색해 보았지만 그런 인물은 존재하지 않는다. 아니, 사실은 존재한다. 앙젤리스 슈와즐뤼스는 '슈와젤 마을에 사는 천사'라는 의미다. 미셸 투르니에 자신을 지칭한 것이다.

누구나 자신의 마을에서 천사가 될 수 있다. 음악 같은 삶을 산다면 누군가의 수호천사까지도 될 수 있다.

나무들도 가지가 잘리고 잎이 뜯기면 고통의 소리를 낸다는 사실이 밝혀졌지만, 나무들의 소리를 우리는 듣지 못한다. 지

구가 도는 소리를 들을 수 없는 것처럼 나무들의 소리도 인간이 들을 수 있는 음역에 있지 않기 때문이다.

소리의 세계에서 인간은 아주 작은 영역에 머물 뿐이다. 수천 km를 가는 혹등고래의 노래는 꿈도 꿀 수 없고, 아무리 크게 노래를 불러도 겨우 동네를 시끄럽게 할 수 있을 뿐이다.

소리의 세계에는 인간이 만든 악기들로 만들어진 음악 말고도 다른 음악이 무수히 함께 존재하지만, 얼마나 많은 음악이 존재하는지 인간은 알지 못한다. 거대한 아마존 우림 같은 소리의 세계에서 작은 귀퉁이에 몰려 사는 부족이 인간이기 때문이다.

인간은 소리 세계의 음악을 들을 수 없지만 신은 그 음악을 듣고 있을 것이다. 인간이 만든 경배의 음악이 다른 존재들이 만든 경배의 음악보다 웅장하고 아름다우리라는 믿음도 착각일지 모른다.

우리가 듣지 못하는 음악이 어떤 악기들로 만들어졌는지도 알 수 없다. 현악기, 관악기, 타악기, 건반악기 말고도 상상하지 못한 재질과 형태의 악기가 있을 테고, 그 소리의 다양함 또한 상상을 벗어나 있을 것이다.

운 좋게 그 음악을 듣는다 해도 음악을 만들어 낸 악기들의 이름은 결코 상상하지 못한다. 인간의 상상도 인간의 감각 속에 갇혀 있기 때문이다. 상상하지 못해도 이름을 붙이고 싶다. 이렇게 붙이려고 한다. 묵음의 현, 묵음의 관, 묵음의 건반.

정말 우리는 묵음의 악기들이 만들어 내는 음악을 들을 수 없을까? 나무와 풀, 꽃들을 마음에 웅숭깊게 담는 사람들은 묵음의 악기들이 연주하는 음악을 들을 수 있을지도 모른다.

묵음의 악기들이 만들어낸 음악은 영원히 묵음의 자리에만 머물지 않는다. 아름다운 풍경을 만나거나 아름다운 이야기를 들었을 때 마음이 울리기 시작한다. 그걸 음악이라고 부르지 않는 이들이 있겠지만 그것이 음악일지 모른다.

묵음의 악기들이 연주하는 묵음의 음악은 채보할 기호가 만들어지지 않았다. 음표를 알 수 없으니 그 소리를 들었던 이들이라도 똑같이 표현할 수 없을 것이다. 거대한 감동의 울림이 있다고만 표현할 것이다.

인간은 신이 만든 존재들이 연주하는 모든 음악을 악보로 온전히 옮기지 못한다. 아주 적은 소절들만이 악보로 옮겨졌고, 옮겨진 소리들조차 엉성하다.

장르의 문제가 아니다. 화가와 작가들도 음악가가 들은 소절을 듣고 자신들의 형식으로 옮겼지만, 그들이 필사한 소리와 그림도 하나같이 온전하지 않았다. 그런 증거들을 보더라도 인간은 불완전한 존재다. 그래서 아름답기도 하고.

튀르키예 동북쪽 산속에 사는 쿠스코이(새鳥마을) 사람들은 휘파람으로 대화를 해. 500년 전부터 그랬어. 자신들의 언어를 '쿠쉬딜리(새 언어)라고 불러. 그들의 노래는 언어이기도

하니 신과 가장 가까운 곳에 사는 사람들일지도 몰라.

휘파람과 노래는 고대의 언어이고, 새들의 언어야. 아기들은 비가 오기 전에 입으로 거품 방울을 만들고 휘파람을 불려 애쓰지. 고대의 언어를 잃지 않았기 때문이야.

어린 시절이 생각나. 한밤중에 휘파람을 불면 귀신이 찾아온다고 휘파람을 불지 못하게 했어. 귀신은 오래 묵은 존재야. 언제 존재했다가 떠났는지도 알 수 없는 존재야. 고대의 언어를 알고 있을지도 모르는 존재지.

휘파람이 고대의 언어이기 때문에 고대의 존재인 귀신은 그 언어를 듣고 찾아오는 거야. 그때 휘파람을 계속 불어야 했어. 그럼 고대의 이야기를 들을 수 있었을지도 몰라.

확신할 수 있는 것은 아니야. 귀신이 휘파람을 불면 그걸 해독하지는 못했을 테니까. 휘파람에도 문법이 있을 텐데, 누구에게서도 그걸 배우지는 못했거든. 새들에게서 배워야 했다는 것을 그때는 깨닫지 못했어.

나는 휘파람의 언어를 제대로 배우지도 못하고 잃고 말았어. 고대의 언어를 잃은 몸이 되고 만 거지. 몸속 어딘가에 있어야 했을 고대의 세계를 잃고 만 거야.

Chapter 7.

골목의 증인

이상하게도 골목에만 들어서면 가슴이 아려 온다. 한때 나는 골목을 지켜보고 귀를 기울이던 증인이었다. 누군가의 시간과 삶을 지켜본 증인이었다. 거창하게 뭔가를 증명하는 자리에 서거나 유명한 누군가를 대변해야만 증인일까. 골목에도 아픈 이야기들이 있었고, 나는 그런 이야기의 증인이 되어야 했다.

골목과 삶의 증인을 연결하면 떠오르는 인물이 있다. 사랑하는 영화 〈피아니스트의 전설The Legend Of 1900〉을 다시 소환할 수밖에 없다. 특별히 초대한 사람은 '1900'의 친구였던 트럼펫 주자 맥스 투니다.

영화의 마지막 장면은 맥스 투니가 골목을 걸어가는 모습이다. 너무 아린 장면이어서 그 장면을 떠올릴 때마다 슬픈 안개가 피어오른다.

맥스가 걸어간 골목이 세상에서 가장 슬픈 골목으로 느껴진다. 맥스가 친구의 삶을 온몸으로 증언하며 그 골목을 걸어가기 때문이다. 옳다, 그르다를 증언했기 때문이 아니다. 피아노를 연주했고, 한 여인에게 첫눈에 반했고, 그 여인을 찾아갈까 말까를 고민했고, 그 여인을 찾아가려다가 다시 자리로 돌아가 피아노를 연주했던 한 사내의 생을 증언했기 때문이다.

"맥스, 골목을 나가 보신 적 있나요? 당신이 골목을 나서기 전 영화가 끝이 나서요."

"그건 영화에서요. 아무도 나를 찾지 않을 때는 골목 밖에서 생활을 이어 가고 있소. 어디에 있을 수 있겠소? 밤이 되면 골목으로 돌아가기는 하오. 골목 밖에서 만나는 사람들도 대부분 골목으로 돌아가오. 골목에서 나왔으니까. 나도 그렇소. 그러다가 누군가 부르는 것 같으면 부둣가의 그 골목으로 가게 되오. 그때마다 고통이 밀려오지요. 지나간 시간이 다시 살아나니까……."

"맥스, 오늘 이야기가 당신에게 고통을 줄 거예요. 나인틴헌드레드와 골목 이야기를 나눌 생각이거든요."

"영화 속에서 골목이 제대로 보였던 건 마지막 장면뿐이오. 음악, 배, 바다, 파도가 아니고, 왜 하필 골목이오?"

"골목이 사라져 가고 있는 것 같아서요."

"사라져 가는 게 어디 골목뿐이겠소. 한때 우리가 알았던 시간과 공간들이 무수히 사라졌소. 인간의 기억이 박물관이 될 수는 없소. 사라져 가고 있다면 그대로 둬요. 왜 굳이 사라져 가는 걸 이야기하려는 거요?"

"사라져 가는 것이 한때 인간을 만들었고, 아예 사라져 버리고 나면 인간이 변하게 될 것 같아서요."

"새로 생겨난 것도 인간을 변하게 해요. 아쉬움이 생경함으로 대체되는 거요. 인간의 시간이 늘 그랬던 거 아니오?"

"사라짐이 자연적 순리겠지만, 거친 급류에 속절없이 놓아두는 방식은 마음에 들지 않아서요."

"거친 급류라……. 나와 나이틴헌드레드도 급류의 시대를 살았소. 그와 나도 새로 생겨난 것들 때문에 변했소. 세상이 빠르게 변해서, 유람선은 여전히 존재했지만 사람들이 타지 않았고, 음악도 여전히 존재했지만 사람들이 듣지 않았소."

"그렇게 변하는 중에 골목이 사라져 가고 있어요."

"골목이 사라진다고 인간이 아주 변하기야 하겠소. 인간은 그대로 존재하는 거요. 바람이 분다고 나무가 풀로 변하는 건 아니오. 기억하는 존재는 쉽게 변하지 않소. 나인틴헌드레드는 변하지 않았기 때문에 버지니아호에 있었고, 우리도 각자의 버지니아호에 머물러 있는 거요."

"맥스, 당신이 만난 바람보다 우리 시대의 바람은 훨씬 거칠어요. 모든 걸 뒤집어 놓고 있어요. 바람만 변하는 거라면 좋겠지만, 어떤 바람은 인간을 독하게 바꾸는 힘이 있어요."

"나인틴헌드레드와 내가 만난 바람이 당신들 바람보다 잔잔했는지는 모르지만, 그것만으로도 충분히 무서웠소."

맥스는 창밖을 보았다. 창밖의 나무들이 휘어졌다. 바람이 불고 있었고, 낙엽들이 우르르 한곳으로 몰려갔다가 벽에 부딪쳐 벽 아래 쌓이고 또 쌓였다. 늦은 가을의 서늘한 빛이, 쌓인 낙엽들 위에서 서서히 색을 잃어 가고 있었다.

"혹시, 나인틴헌드레드가 골목이 없는 세상에 살았기 때문에 골목을 두려워한 건 아닐까요?"

"혹시 바다에 나가 본 적이 있소?"

"배를 타 본 기억은 딱 세 번밖에 없어요."

"세 번이라고 해도 파도를 보기는 했을 것 아니오?"

"파도를 제대로 보지는 못했어요. 운이 좋은 것인지 나쁜 것인지 세 차례 모두 바다가 잔잔했거든요."

"높은 파도를 본 적은 없구려. 나는 보았소. 파도도 골목을 갖고 있소. 드넓은 골목을 만들어 내는 파도를 아주 많이 보았소. 나인틴헌드레드는 파도를 지긋지긋하게 보았을 텐데, 그 여인을 만나고 난 뒤에는 더 자주 보았소. 솔직히 나는 파도가 만들어 내는 골목을 이해하지 못했소. 하지만 나인틴헌드레드는 파도의 골목을 이해했는지도 모르겠소."

"서로가 다른 골목을 갖고 있을지 모른다는 의미인가요?"

"당신이 왜 골목에 집착하는지 모르겠지만, 겪은 것과 배운 것은 다른 법이오."

"골목 속에 있었던 제 어린 시간이 자꾸 사라지는 게 슬퍼서요. 언젠가는 모든 아이가 골목이 없는 곳에서만 태어나겠지요. 아이들은 골목을 사전과 사진, 영화 속에서만 발견하게 될 테고요. 박물관에서 발견하는 유물처럼…… 제가 산 어느 시간이 유물처럼 되는 게 싫어요."

"그 안에 살지도 않으면서 골목만 남겨 둔다고 삶도 같이 남겨지겠소? 같이 남겨지지 않는다면 의미가 없을 거요."

"골목을 남겨 둔다고 해도, 골목들이 예전처럼 서로 연결되어 있지 않고, 섬처럼 떨어져 있겠지요. 그 안의 삶들도 온전히 지켜지기는 힘들 테고요. 그래도, 공간이 있어야 삶이 있을 것 같다는 생각이 들어서요."

"영화 속 주인공이었던 게 다행이라는 생각이 드오. 나는 더는 변하지 않는 공간과 영원히 함께 있으니 말이오."

"저와 이 시대의 사람들도 모두 영화 주인공일지 몰라요. 영화가 결말지어지지 않을 뿐이지요. 무대 세트가 계속 바뀌고 있으니까요."

"무대가 달라지면 같은 이야기처럼 보여도 같은 이야기가 아니오. 슬픈 일이오. 대체된다는 건 결국 파괴된 이후에 새로운 것이 자리하게 되는 것이니 말이오."

"너무 쓸쓸하게 막을 내릴까 걱정이네요."

맥스는 더 대답하지 않고 다시 창밖을 바라보았다. 서편이 붉게 물들고 있었다. 그리고 맥스가 떠났다. 골목에서 그가 사라진 뒤에도 눈을 돌릴 수 없었다.

맥스가 사라진 골목을 끝으로 영화에서 나와 전주의 오래된 시간을 품은 중앙동 골목을 걷는다. 서문교회를 지나, 현대이용원을 지나 점점 어두워지는 골목을 걷는다. 한때 경찰서였다는 여행자도서관을 지난다.

간간이 사람들의 목소리가 골목으로 툭 던져진다. 던져진 목소리는 옷에 묻은 먼지를 툭툭 털고 더 어두운 곳이나 더 밝은 곳으로 걸어간다. 일상의 다툼을 지켜보는 일이 지겨워 도망쳐 나온 목소리 같다.

전봇대, 표석, 오래된 간판……. 모두가 증인이다. 그 증인들 사이를 걸어간다. 걸어가며 귀를 연다. 그것 말고는 할 게 없다. 손을 대면 골목의 시간이 부서져 버릴 것 같다.

어느 집에서인가 목소리가 하나 걸어 나온다. 길고양이 옆에 가만히 앉는다. 누군가 놓아 준 밥그릇에 머리를 묻고 있는 고양이를 쓰다듬는다. 목소리가 밥그릇 옆 물그릇에 손가락을 넣는다. 동심원이 만들어지고 고양이는 살짝 놀란다.

나는 그 모습을 다 지켜본다. 그냥 지켜만 본다. 골목이 아까보다 더 어두워진다. 무대의 막이 조금씩 무대 중앙으로 다가오고 있는 것처럼 어두워진다.

Chapter 8.

황금비나무의 영혼

즐거운 꿈을 꾼 적이 한 번도 없다. 꿈 때문에 매번 고통스럽다. 내 영혼과 꿈은 다른 길을 가고 있는 것 같다. 어쩌면 나와 내 영혼이 다른 길을 가고 있는 것인지도 모르고.

잠과 꿈 사이가 불화하는 것을 보면, 아무래도 나는 두 개의 몸, 두 개의 잠을 가진 것 같다. 깨어 있는 지금이 꿈인지도 모른다. 영혼이 두 개인 걸까, 아니면 꿈의 세계가 두 개인데 영혼이 하나여서, 두 개의 몸 사이를 바쁘게 오가는 것일까?

꿈의 신 모르페Morphee(모르페우스)가 산다는 세계에 몸 중 하나가 산다. 모르페의 딸 모르핀Morphine의 도움까지 받으며 꿈의 세계에서 분주하게 움직이는 몸도 분명 몸이다.

몸이 없다면 꿈속의 절벽에서 떨어질 때 공포에 휩싸여 비명을 지르지는 않을 테고, 어디에선가 스멀스멀 다가오는 보이지 않는 존재 때문에 식은땀을 흘리지도 않을 것이다.

꿈속의 몸도 영혼이 있다. 사랑, 연민, 죄책감을 꿈속에서도 똑같이 느끼는 것은 그 때문이다. 따로 영혼이 있을 수도 있고, 이 세계에서 몸이 잠들 때, 영혼이 함께 잠들기 싫어서 옮겨 가는 세계가 꿈속의 세계일지도 모른다.

꿈의 세계에서 깨어나는 일을 우린 너무 가볍게 생각한다. 이 세계에서 일어날 일을 점치거나, 이 세계에 쌓인 것들이 비명을 지르는 것이라고만 생각한다. 그것은 영혼의 일을 너무 가볍게 여기는 일이다. 꿈의 세계를 이루는 수천 개 마을의 이야기를 귀 기울여 듣지 않기 때문이다.

꿈속 세계에서 일어난 일들은, 꿈이 끝난 후에 기지개를 켜고 일어나 어제의 일들을 다시 반복하라는 의미에 그치는 일이 아니다. 영혼이 잠들지 않고 꿈의 세계에 머물다가 돌아오는 것은, 체력을 회복하는 것 이상의 다른 의미가 있다.

아리스티포스(Aristippos, BC 435년 ~ BC 355년경, 북아프리카 퀴레네 철학자)가 했다는 "침대에서 일어날 때 그대가 일어나는 것이 과연 신들에게, 세상 사람들에게, 그대 자신에게 요긴한 것인지를 일곱 번 자문해 보라."는 말의 의미를 내내 곱씹기 위해서 영혼이 꿈속으로 들어갔다 나오는 것도 아니다.

꿈속 세계는 분명히 따로 존재하는 다른 세계다. 그 속에 수천의 도플갱어가 살고 있고, 이 세계에 사는 영혼이 꿈속으로 놀러 갔다가 매일 한 명씩을 만나고 돌아오는 것인지도 모른다. 너무나 닮아서 자신인 줄 착각하면서.

영혼은 기억의 정원에서 자란다. 내 기억의 정원에는 많이 아파하는 작은 아이가 있다. 가시가 달린 시간이 정원에 스며든다. 아이는 가시들을 피하느라 여리게 조금씩 자란다.

아이가 심심하지 않도록 작은 버드나무와 느티나무를 심는다. 작은 웅덩이를 파고 참개구리와 송사리를, 소금쟁이와 물방개를 기른다. 웅덩이 옆에 제비꽃, 민들레, 수선화를 심는다. 붉은 꽃그늘을 만들어 줄지도 모르니 붉은말발도리도 심는다. 구름보다 더 큰 그늘을 만들어 주라고 튤립나무와 마로니에도 심는다.

작고 아픈 아이가 그늘 속에서 생기를 회복하고 조금 더 자란다. 아이는 정원에 작은 돌들을 놓는다. 돌처럼 생긴 것들은 돌이 아니다. 결정結晶이 된 아픈 일화逸話들이다. 첫 결정 옆에 다른 일화의 결정들이 차례로 놓인다. 아이가 진저리를 치는데도 자꾸 놓인다. 순서가 정해져 있기라도 한 것처럼 놓인다.

돌처럼 단단해 보이던 결정에서 싹이 트고 자라기 시작한다. 분명 자라는데, 일화逸話들은 자라지 않는다. 자라는 것이 환시幻視인지, 자라지 않는 것이 환시인지 구분되지 않는다. 아이의 어느 부분은 자라고, 어느 부분은 자라지 않았기 때문일까?

아이는 전보다 작게 느껴지는 선명한 일화 옆에 항아리를 가져다 놓는다. 항아리에 빗방울이 떨어진다. 항아리 속에 생긴 동심원을 보며, 아이는 빠져나가지 못했던 아픈 일화가 더 작아졌으면 좋겠다고 생각한다.

기억의 정원에 심기는 것들이 점점 더 많아진다. 정원 가득 나무들이 자라고, 부전나비, 고추잠자리, 풀매미, 장수풍뎅이, 갈색날개노린재, 벌꼬리박각시도 살기 시작한다. 그들이 만든 소리와 비상飛翔 때문에 사람들이 가끔 정원을 기웃거리다 들어오곤 한다. 그들은 점점 더 정원 깊숙이 들어선다.

정원에 들어온 이들은 바위에 앉아 피리를 부는 아이를 발견한다. 말을 건네려고 하다가 아이가 반응을 보이지 않는 것을 보고는 아이를 곁눈질로 쳐다보며 정원을 마저 돌고 떠난다.

작고 아팠던 아이는 자라서 청년이 된다. 정원에 사람들이 조금 더 들어와 시끄러워지는 때가 있다. 청년이 된 아이는 그 소리를 좋아한다고 생각했다가 싫어한다고 생각했다가 고개를 갸우뚱한다. 그런 생각을 하는 중에 꽃과 나무가 가득한, 나비가 날고 벌이 윙윙대는 정원을 만들었다는 사실을 잊고는 한다.

볼품없었던 작은 아이의 영혼은 인간, 다른 생명체들, 시간, 공간, 사물들 각각이 가진 세계가 충돌하고 끌어안고 눈물 흘리고 애무하는 과정에서 만든 것이 그 아름다운 정원이라는 걸 깨닫지 못한다.

한때 작고 아팠던 아이는 이제 흰 머리카락이 듬성듬성 생겨난 사내가 되었다. 사내는 결정들을 들고 공기놀이를 한다.

립 밴 윙클[1]처럼 한숨 자고 나면 20년쯤 흘러 있었으면 좋겠다고 생각하다가, 사랑하는 사람들이 모두 떠난 정원은 너무 쓸쓸하리라는 생각에 고개를 젓는다. 정원에 눈이 내린다.

당신, 잘 지내고 계시나요? 가꾸시는 정원도 여전히 예쁘겠지요? 제 정원은 한동안 가뭄이어서 걱정이 많았어요. 얼마 전에 기다리던 비가 와서 시름을 조금 덜긴 했지만, 아직도 꽃과 나무들의 목 타는 소리가 들려서 힘들어요.

결심을 하나 했다는 소식을 드리려고요. 제 정원에는 모감주나무를 기르지 않기로 했거든요. 소나기가 쏟아진 다음 날, 수목원에서 모감주나무 노란 꽃이 떨어져 나무 아래를 노랗게 덮은 모습을 보았어요.

처음엔 그늘을 덮은 작고 노란 꽃들이 만든 지도의 아름다움에 감탄했지요. 하지만 잠시 후 슬픔이 찾아들었어요. 멀리 떠나온 저처럼, 그래서 당신과의 거리가 더 멀어진 저처럼, 모감주나무도 멀리 떠나왔다는 것을 깨달았기 때문이었어요.

모감주나무는, 당신처럼 바닷가 근처에 사는 나무지요. 노란 꽃들이 떨어지면 바람이 파도에 실어다 주는 곳이지요. 그런 모습 때문에 바다 건너 먼 곳에 사는 사람들이 모감주나무

---

1. 워싱턴 어빙(1783~1859)의 단편집 『스케치북』(1819~1820) 속의 주인공. 숲속에서 구주희 놀이를 하는 사람들의 술을 먹고 잠들었다 깨어나 보니 20년이 흘러 있었다.

를 '황금비나무Goldenrain Tree'라고 부르는 것이겠지요. 꽃비 내리는 모습을 생각했겠지요.

이 땅의 옛사람들은 염주나무라고 불렀다고도 하네요. 한 알, 한 알, 돌아가며 깨달음을 주었을 열매들이 다시는 나무로 환생하지 못했으리란 생각을 하니 그렇게 부르고 싶지는 않더군요. 저는 아무도 모르는 다른 이름으로 부르고 싶지만, 그냥 모감주나무라고 부르겠어요.

달리 어떻게 이름을 불러야 할까요. 한 척의 작은 배에 한 톨의 작은 씨앗이 승선하여 운명이 어찌 될지 모르는 항해를 하는 그 비장함을 달리 어떻게 표현해야 할까요. 그런 운명을 사는 모감주나무를 육지로 옮겨 놓으면, 바다를 잃은 모감주나무들은 이제 어떻게 운명을 만들어야 할까요.

오늘 수목원에 다시 갔지요. 모감주나무 아래, 단단하게 여물어 갈색의 배가 되어야 푸른 열매들이 가득 떨어져 있었어요. 깜짝 놀라고 말았지요. 노란 꽃들이 가득 떨어졌을 때보다 더 슬펐어요. 모감주나무들이 바다를 잃고 절망하여 스스로를 절명의 시간으로 몰아가는 모습으로 보였으니까요.

그래서 모감주나무를 기르지 않기로 결심했지요. 정원을 예쁘게 꾸민다는 욕심으로 여러 생에게 그리움을 심어 놓은 것은 아닌가 싶어서 두려워요.

부디 잘 지내세요. 그곳이 마음이 편하시면 멀리 떠나지 마시고요. 누군가 찾아갈지도 모르니까요. 모감주나무 열매 같은 운명을 지닌 사람이 찾아갈지도 모르지요.

2부

아카이브 이야기

Chapter 9.

책장에 사는 존재

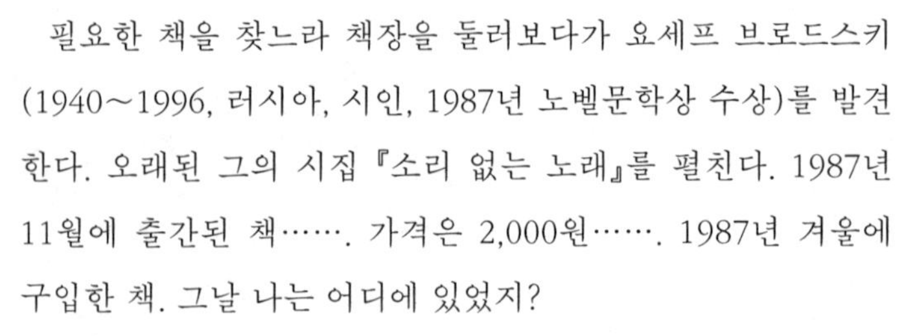

필요한 책을 찾느라 책장을 둘러보다가 요세프 브로드스키(1940~1996, 러시아, 시인, 1987년 노벨문학상 수상)를 발견한다. 오래된 그의 시집 『소리 없는 노래』를 펼친다. 1987년 11월에 출간된 책……. 가격은 2,000원……. 1987년 겨울에 구입한 책. 그날 나는 어디에 있었지?

한참을 옛 시간을 떠돌아 보아도 어디에 있었는지 기억이 나지 않는다. 책갈피라도 남아 있다면 어디에서 그 책을 샀는지, 그날 그곳에 왜 갔는지를 떠올려 볼 텐데 그것도 없다.

멀리 돌아갔던 시간의 문이 닫히고, 다시 낡은 가구 앞으로 돌아온다. "가구 없는 생명은 없다."는 문장이 떠오른다. 요세프 브로드스키의 문장이었을까, 내 안의 누군가가 불러 준 문장이었을까. 가구와 생명이라는 느닷없는 조합이라니…….

「6년 후」라는 그의 작품에도 가구가 등장한다.

"책도 의자도 가구도 없이
낡은 침대 하나로 함께한 날들"

가구 없는 생명은 없다고 했으니 어쩌면 낡은 침대 속에 시인의 생명이 더 많이 배어들어 갔을지도 모르겠다. 그렇다면, 이렇게 말해도 될 것 같다. 우리는 공간과 사물들에 속해 있고, 공간과 사물들 또한 우리에게 속해 있다고 말이다. 시선을 넓히면 가구와 집뿐만이 아니라 우리가 사는 도시도 우리의 아카이브에 넣어야 한다.

목록을 너무 늘리는 것이 될지도 모르니, 지금은 공간을 집 안으로 좁혀서 꼼꼼히 들여다보도록 하자. 공간 속에 자리한 것들을 하나도 빼놓지 말고 나열해 보도록 하자. 시인의 말을 떠올리면서.

가구에는 생명이 담기지만, 생명만 담기지 않는다. 그렇게 담긴 것들이 그 가구가 어떤 생명인지를 드러내 준다. 입으로 직접 말하지 않더라도, 가구의 몸속에 모아 놓은 사물들이 허세와 담백, 거짓과 진실, 숭고와 부박함을 낱낱이 드러낸다.

사물을 소유한 이의 말과 소유한 사물에 담긴 생각은 일치하거나 일치하지 않는다. 말을 듣고 사물을 바라보면 일치 여부를 모를 수 없다. 가장 두려워해야 할 것은 소유했다고 주장하는 말과 사물의 불일치다.

말과 사물이 일치하지 않으면 소유했다고 주장하는 사물은 경제적 권리를 주장하는 것일 뿐이다. 그 권리만으로는 사물이 소유한 이의 정신과 마음에 공간과 시간을 만들어 주었다는 것을 밝혀 내지 못한다.

가구는 생명의 증거일 수 있다. 나무의 죽은 몸으로 만들었지만, 새로운 생명이 죽은 몸에서 시작된다. 그 가구를 가지려한 생각, 집 안의 어느 곳에 공간을 만들어 주려던 생각, 그 가구를 쓰다듬으며 키우던 생각이 생명의 증거가 된다.

처음에는 없었던 상처, 처음과는 달라진 색과 무늬, 어느 틈으로 들어가 녹처럼 앉은 때, 그런 것들이 가구의 피부가 되고 흉터가 된다. 낡은 흔적 없이는 생명을 증명하지 못한다. 신생新生은 생명의 시간을 시작한다고 알리는 것일 뿐이다. 생명은 이후에도 한참을 지나야 한다. 가구는 더더욱 그렇다.

화가들은 그림 속에 자신의 정체를 담고, 작가들은 소설이나 시 속에 자신의 정체를 담고, 다른 이들도 자신의 직업을 통해 낳은 것들 속에 자신들의 정체를 담는다.

그들은 자신들의 작품 속에 자신의 전부가 들어 있다고 말한다. 하지만 전부는 아니다. 어느 작품은 작가의 정체보다 더 많이 들어 있고, 어느 작품에는 작가의 정체가 발견되지 않고 텅 비어 있다. 작가의 정체성도 연출이 가능한 무형질이다.

거창하게 이야기하며 내놓는 것보다, 사소한 일상과 주변에 배치된 사물이 더 많은 진실을 보여 줄 수도 있다. 그래서 사소한 것들이 중요하다. 작품이라고 내놓은 것 말고 작품을 이루기 위해 사용된 모든 것들이 더해져야 비로소 정체는 이해되는 것인지도 모른다.

모악산에 자리한 전북도립미술관 아래쪽 동네에 사시며 왕성하게 활동하시는 틈틈이 후배들을 지원하고 계시는 유휴열 선생님의 작업실을 방문했을 때, 작품들만큼이나 눈에 들어온 것이 있었다. 색색의 물감이 말라붙어 있는 팔레트와 붓들이었다. 그것들까지 더해지자 더 풍성한 아카이브가 눈에 보이는 듯했다.

책장 가득 꽂힌 책들도 아카이브다. 하지만 속이 들어찬 아카이브가 되려면 책들에 손때와 읽은 흔적이 남아 있어야 한다.

아카이브는 현실과 꿈의 상징이기도 하지만 현실과 꿈의 가장假裝이기도 하다. 가장假裝이 너무 많으면 삶이 가장무도회가 된다. 그런 경우 삶도 사물도 가짜다. 그러니 집 안을 사물로 가득 채운다는 것은 얼마나 두려운 일인가!

모아 놓은 것들은 자신의 소유로만 그치지 않고, 그 효력도 자신의 시대에 그치지 않는다. 아이들이 그것들 속에서 자라며 자신들의 아카이브를 꾸미는 일을 시작하기 때문이다. 그리고 그 시작은 아주 중대한 기초가 된다. 첫 시작이 죽을 때까지의 취향을 만들기도 한다.

익숙했던 걸 버리고 다른 취향을 가지려면 때로는 혁명적 사유와 모험이 필요하다. 처음부터 좋은 아카이브 토양에서 자라게 해 주는 것도 선물이다.

선택할 때, 현명한 태도와 결정이 필요하고 설명이 뒤따라야 한다. 우리가 결정한 시대와 사회는 광장에 머물지 않고 집 안으로 들어오고, 아이들이 그 결정과 해석 속에서 자랄 것이기 때문이다.

조용히 읊조려 보자. "가구에는 생명이 담긴다."

한 문장 더 읊조려 보자. "나의 공간에 있는 모든 사물에 나의 생명이 담긴다."

그리고 공간을 돌아보자. 집 속에 살지만, 집도 아카이브다. 경제적 가치를 지니든 문화적 가치를 지니든 아카이브인 것만은 확실하다. 어떤 아카이브를 선택할 것인지가 남아 있을 뿐이다.

존 로날드 로웰 톨킨(1892~1973)의 『반지의 제왕』(1937~1949)을 원작으로 하여 만든 동명의 영화를 보면서 프로도가 삼촌에게서 물려받은 것과 똑같이 생긴 작은 문과 낮은 천장을 가진 집을 갖고 싶었다.

갖게 된다면, 그 작은 집은 하늘의 어느 부분을 위로 옆으로 조금 밀어낼 것이다. 마당도 역시 하늘을 조금 밀어낼 것이다. 작은 집 안에는 가구를 많이 들이지 않을 생각이다. 상상으로 가득 차게 될 테니까.

상상은 집 안과 밖, 어느 곳에서나 이루어진다. 나의 공간에서 이루어지는 상상은 나의 아카이브들과 이야기를 만들어 낸다. 그 이야기들은 어딘가에 숨는다. 부엌, 옷장, 지하실, 잘 열리지 않는 서랍…….

내 집을 찾은 손님들은 이야기를 쉽게 찾아내지 못한다. 상상으로 만든 아카이브 목록은 다른 사람들은 절대 발견할 수 없는 곳에 숨겨져 있다. 숨겨져 있지 않더라도 그들이 모르는 문자로 기록되어 있어서 읽을 수 없다.

집 밖에서도 상상은 이루어진다. 광장에 나가 목록을 부여할 수도 있다. 하지만 호주머니에 담듯 가져다가 서랍에 넣어 둘 수는 없다. 그곳은 모두의 상상들이 뛰쳐나와 휘젓고 다니는 곳이다. 모두의 상상이 함께 소유한 곳이어서 온전한 어느 것 하나를 손안에 쥐기 어렵다.

아파트에서는 상상이 힘을 잃는다. 상상이 힘을 잃는 집이어서 책들이 한 권, 두 권 쌓여 갈 때마다 나는 자꾸 작아진다. 상상이 침범당하는 공간이기도 하다. 이러다가 점점 작아져 작은 도깨비불이 되고 말지도 모르겠다.

Chapter 10.

회오리를 타고 돌아온 책

주변에서 부음이 자주 들려온다. 내가 속한 세대가 석양 가까이에 있나 보다. 시간이 어느 지점을 통과하고 있다는 사실이 절절하게 느껴진다. 부고의 주인공이 가졌던 시간의 길이가 점점 낯설지 않게 다가오기 때문이다. 부고를 접할 때마다, 글을 쓰는 일이 긴 유서를 쓰는 일이라는 생각이 굳어진다.

윌리엄 버틀러 예이츠(1865~1939, 아일랜드, 1923년 노벨문학상)는 'Gyre'라는 나선형 구조를 통해 인류 문명의 움직임을 해석하려 했다. 'Gyre'역시 회오리를 닮았다. 2천 년 주기를 갖고 조금씩 나아가기는 하지만, 같은 궤적을 만들며 나아간다. 2천 년 주기설은 서양인들의 오랜 생각인 것 같다.

우리는 돌아온 책이다. 돌아올 때는 형태로도 돌아오지만, 내용으로도 돌아온다. 형태는 오래된 기원의 것들과 거의 같은 모습으로 돌아오지만, 내용은 익숙한 모습으로만 돌아오는 것이 아니어서 색다른 것들이 이국의 꽃처럼 들어 있다.

돌아온 책은 형태도 중요하겠지만—스타일이 그것에서 생겨나기 때문에—, 형태 속에 담긴 내용을 이야기해야 한다. 해체되었다가 돌아오는 책은 어떤 해체로도 사라지지 않는 정수精髓가 담겨 있어야 한다. 삶이 담겨 있어야 한다. 달라져 있을 형태 속에 익숙한 내용이 담겨 있지 않다면 그건 돌아오는 것이 아니기 때문이다.

우리는 해체를 향하여 걸어가고 있다. 짱짱하게 자라기만 할 줄 알았던 기억의 나무가 조금씩 시들어 가는 걸 느낀다. 더 시들지 않도록 책들을 전보다 자주 훑어본다. 그런 반복으로 책 속의 내용들이 기억 속으로 다시 돌아올 수 있을까?

새로운 얼굴을 탄생시킬 수 있는 운명을 이해한 책이라면 그럴 수 있겠지만, 불행히도 책은 무게로 먼저 평가되는 운명을 가졌다. 그 운명이 얼마나 측은한지 가늠해 보기 위해 책을 읽기 전에 항상 치르는 의식이 있다. 손에 가만히 들어 본다. 무게를 가늠해 보는 것이다. 그리고는 맨 뒤를 열어 페이지를 살핀다. 150페이지, 180페이지, 250페이지, 300페이지…….

더러 지독한 두께의 책들을 만나게 된다. 발터 벤야민의 『아케이드 프로젝트』는 2,568페이지였다. 그 지독함이라니!

페이지를 살피고 나면 한 페이지에 몇 행이 들어가 있고, 하나의 행에는 몇 글자가 들어가 있는지 따져 본다. 그렇게 해서 나온 문자의 양을 계산기로 두들겨 본다. 그것이 한 인간이 바친 삶의 무게라는 생각을 하면서.

책에서 발견되는 것은 인간의 삶이다. 절절한 것이 들어간 것도 있고, 부박한 허세가 들어간 것도 있지만 어쨌든 삶이 들어가 있다.

작가가 자신이 쓴 작품보다 더 낫게 살 수 있을까? 인간이 자신이 쏟아 놓은 말보다 더 위대하게 살 수 있을까? 어떤 작가도 자신의 책보다 위대한 삶을 살 수는 없다고 믿지만, 할 수만 있다면 책보다 위대한 삶을 살고 싶다.

세상이 거대한 유령의 세계라고 생각한다. 책을 쓰는 자는 문자들이 만든 유령이다. 나도 고작 몇 권의 책으로 이루어진 유령이다. 아직 책보다 위대한 유령을 만나 보지 못했으니, 내 삶도 결코 책보다 위대하지 않다. 해체되었다가 내가 없는 자리에 다시 돌아올 책이 있기는 하려나.

백 년 전만 해도 책은 징검돌 같은 존재였다. 세상을 가로지르고 싶은 이들은 책을 딛고 세상을 건넜다. 그런데 징검돌 같은 책들이 사라졌다. 대체 어떻게 된 일일까?

책은 속을 알 수 없는 형상의 존재다. 그래서 가짜가 탄생한다. 징검돌인 줄 알고 디뎌 보면 순식간에 부서져 부스러기가 되고 마는 것들이 흑심을 품고 징검돌의 자리를 차지해 버렸다. 책이 될 세계가 점점 더 왜소해지고 있다. 이러다가 책이 될 세계가 더 이상 존재하지 않게 되는 것은 아닌지 두렵다.

이제 책의 세계는 끝없이 이어지는 모래톱에 쌓인 모래 알갱이의 세계가 되었다. 시류時流라는 물결에 밀려와 쌓인 모래들이 너무 많아서 모래톱의 어느 지점을 골라 디뎌야 할지 고민하는 것이 고통스러울 지경이다.

모래는 푹신하게 하중을 받아 주지만, 나중에 깨닫게 된다. 세상을 건널 힘을 눈치채지 못할 정도로 조금씩 앗아 가서 나중에는 모래 늪을 헤어나지 못하게 만든다는 것을.

눈썰미 좋은 이들은 곳곳이 늪인 모래톱에 색이 다른 지점이 있다는 것을 눈치챈다. 괜찮은 책들이 쌓인 그 지점은 알갱이가 자갈만큼이나 커서 디뎠을 때 아픔을 준다. 고통을 쉽게 받아 주지도 않는다. 응석을 부려 봐야 소용없다.

사람들은 단단하게 이루어진 그 지점을 피해 간다. 그리고 나중에 깨닫는다. 바로 그 지점을 딛고 발밑에서 전해져 오는 고통을 견뎌 냈어야만 굳은살이 생겨나 세상을 제대로 건널 수 있었다는 것을.

인간의 수가 곧 80억이 될 거란다. 엄청난 숫자지만 죽은 자들이 그보다 더 많다. 과거 속에는 온통 죽은 자들뿐이다. 멀리 갈수록 산 자들은 드물어지고 어느 시점이 되면 산 자들이 존재하지 않는다. 미래 속에도 산 자는 없다. 아직 태어나지 않은, 죽게 될 자들이 가득하다.

산 자들은 좁디좁은 시간의 섬에 사는 고됨을 토로하기 위해 죽은 자들의 언어를 빌린다. 도서관에 모인 책들 가운데 언어로 빚은 명징한 지혜를 담고 있는 것들은 죽은 자들이 남긴 것이다. 사람들이 그런 책을 찾는 것은 주인이 죽고서도 살아남은 언어만이 고단한 삶을 견디게 해 줄 것이라고 믿기 때문이다.

독서는 죽은 사람과의 대화이고, 책은 죽은 자들의 말 무덤이다. 집 안의 서재는 공동묘지로 느껴진다. 시간이 흐를수록 비명碑銘이 점점 더 늘어나지만 무섭지 않다. 오히려 산 자들 사이에서 느끼지 못하는 편안함을 느낀다.

지혜가 담긴 책들을 찾기 어렵다면 도서관의 불을 한번 꺼 보라. 현재가 만든 겉만 번지르르한 책들이 아니라 죽은 자들의 말이 인광燐光으로 새어 나오는 책들이 보일 것이다. 그 책들마다 산 자들의 손때가 가득 묻어 있을 것이다. 그 책을 향해 걸어가서 유령의 손을 잡으면 된다.

알지 못하는 언어로 쓰인 책을 읽도록 해 주는 것만이 번역일까? 우리가 알지 못했던 사물이나 사람, 현상을 이해하는 일은 어떨까? 책을 읽을 수 있게 만들어 주는 것만이 번역이 아니다. 나 아닌 존재들을 항상 만나야 하고 이해해야 하는 우리는 어떻게든 번역자인 셈이다.

하나의 존재는 하나의 언어를 가지고 있다. 같은 언어권에 사는 사람들은 모두 같은 언어를 가지고 있다고 믿겠지만 그건 진실이 아니다. 각각의 인간들이 가진 언어의 어느 부분이 교집합을 이루고 있을 뿐이다. 그 교집합을 이해의 기준으로 삼는다.

장엄한 풍경 앞에서 지르는 탄성('대박' 같은 언어 같지 않은 언어들)조차 같은 언어일 수 없다. 우린 그 사실을 두려워한다. 자신의 언어가 다른 이들의 언어와 다르다는 것을 들킬까 봐 늘 전전긍긍한다.

혼자가 되어 자신의 언어를 들여다보는 시간이 필요하다. 깊은 산 속에서 홀로 별을 바라볼 때, 비로소 자신의 언어를 쏟아 놓을 수 있다. 눈치 보지 않고 언어를 펼쳐 놓을 수 있다.

풍경이 하나 있다. 그림을 앞에 놓고 많은 사람이 모여 있는 광경이다. 관객들은 고개를 끄덕이고, 감동 가득한 눈빛을 함께 온 이들과 교환한다. 말은 하지 않는다. 말을 하더라도 결코 길게 말하지 않는다. '대박'이라고 말한다.

그들은 자신의 언어가 타인들의 언어로 번역되기 어렵다는 것을 알고 있다. 그래서 주억거리는 정도로 동의를 구하고 있다. 그 광경은 '오해의 파티'라고 이름 지어야 한다.

침묵은, 아마도 무수한 언어들 사이에 다리를 놓는 가장 뛰어난 번역일 것이다. 책 속에 들어 있는 침묵을 이해하게 되면 작가가 걸어간 길이 정확하게 보일지도 모른다.

Chapter 11.

슬픔을 고르는 일

2019년 2월 말과 3월 초, 어머니와 아버지가 오래전에 끊어진 인연 그대로 일주일 간격으로 세상을 떠나셨을 때, 죽음 앞에서조차 슬픔의 종류와 크기가 다르다는 걸 깨달았다. 함경도와 강원도 이북에 뿌리를 두셨고 사건, 이념, 관습이 개입하며 다른 크기와 종류의 슬픔을 겪고 사셨다. 내가 이해하고 받아들여야 하는 것이 바로 그것이라는 것을 깨달았다.

히샴 마타르(Hisham Matar, 1970~)는 리비아의 독재자 무아마르 카다피(1942~2011)가 몰락한 후에, 1990년 이집트 비밀경찰에게 체포되어 카다피에게 넘겨진 아버지 자발라 마타르(1939~?)를 찾기 위한 리비아에서의 여정과 가족사를 기록한 책 『귀환』을 2016년 출간했는데, 책 속에 아버지 자발라 마타르가 감옥에 갇힌 뒤에 그의 형제들에게 들려주었다는 짧은 시가 적혀 있다. 그 시에는, 고통이 명백하지 않을 때 어떤 슬픔에 굴복해야 하는지를 스스로에게 물을 것이라는 내용이 담겨 있었다. 굴복이라고 표현했지만 받아들임의 의미로 읽혔다.

평범한 세상에서는 고통들이 다들 고만고만하다. 고통이 명백한 세상은 특정 비극이 극대화된 세상이다. 전쟁, 가혹한 독재, 인간의 힘으로는 어찌해 볼 수 없는 혹독한 자연재해가 닥쳤을 때 비극은 선명하게 나타나고 고통은 명백해진다.

전쟁이나 가혹한 독재가 존재하는 세상이 아니라면 인생을 흔드는 슬픔은 다양한 출처, 다양한 색, 다양한 질감으로 다가온다. 슬픔의 크기도 다양해서 같은 공간에서 얻은 슬픔이라도 품에 안고 가는 사람들의 가슴을 들춰 보면 크기가 제각각이다.

고통이 명백하지 않은 세상은 평범한 세상이다. 그런 세상에서도 언제 어디서든 수많은 슬픔이 피어난다. 제법 크기가 있어서 이름을 붙여 줄 수 있는 슬픔도 있지만, 너무 작아서 이름을 붙여 주기 어려운 슬픔이 더 많다. 이름을 붙여 줄 수 없을 만큼 작아도 슬픔은 별처럼 영롱하다. 어떤 슬픔을 고르든 상관없다. 큰 슬픔에 굴복하면 모두가 이해할 것이고, 작은 슬픔에 굴복한다 해도 크게 부끄럽지 않다. 그런 세상에서는 슬픔이 미학이 된다.

고통이 명백한 세상은 마음 놓고 슬퍼하지 못하는 지경으로 몰고 간다. 슬픔에 아주 날 선 것들이 개입한다. 손잡이가 없고, 양쪽 끝 모두 날이 서 있다. 슬픔이 슬픔을 위로하는 것이 아니라 슬픔이 "그 따위도 슬픔이냐!"고 소리치며 다른 슬픔을 공격한다.

그런 세상이 오래 지속되면 슬픔은 모두 오염되어 버린다. 슬픔을 낳은 상황을 분석하여 무게를 따진다. 도덕과 정의가 개입되고, 그것들마저 슬픔을 더욱 오염시킨다. 그런 세상에서는 슬픔의 미학 같은 것은 없다. 슬픔의 미학을 따졌다가는 손가락질을 피하기 어렵다. 시냇가의 자갈들 같은 슬픔들 중에서 굴복할 것을 편안하게 고르는 일은 행복한 때의 일이다.

슬픔이 미학을 갖는다고 해도 슬픔을 모두 품을 수 없다. 그랬다가는 생이 너무 무거워지고 만다. 모든 슬픔을 빠뜨리지 않고 품으면 거대한 슬픔의 풍선이 되었다가 결국은 터지고 만다. 슬픔이 터지는 소리에 우리 스스로도, 우리를 사랑하는 사람들도 놀라고 만다.

슬픔에 놀라게 하지 않으려고, 웃음이 돌아다니며 작은 슬픔들의 풍선이 더 커지기 전에 터뜨려 버린다. 대부분의 슬픔은 슬픔을 가둔 막이 얇아서 콩알을 튕겨 내려고 기다리던 콩꼬투리처럼 웃음이 건드리기를 기다렸다는 듯이 터지고 만다.

작은 슬픔이 터지는 일은 소리도 작고 터진 슬픔이 금방 비산해 버리지만, 단단한 막을 지녀 큰 풍선이 되는 슬픔도 있다. 그런 슬픔은 웃음이 아무리 찔러도 터지지 않는다.

사랑하는 가족이 너무 일찍 떠나거나, 떠나야 할 순서를 어기고 떠나면 그런 슬픔이 만들어진다. 그런 슬픔 앞에서는 웃음이 계면쩍어진다. 미안해진다. 웃음이 할 역할을 넘어서는 곳에 자리하고 있기 때문이다. 그런 슬픔이 어쩔 수 없이 만들어지는 것이라면 운명이라고 받아들인다. 하지만 운명이 아니라 세상의 나쁜 구조가 만든 것이라면 받아들이기 어렵다.

하늘을 살펴보면 두둥실 떠오른 슬픔의 풍선들이 구름처럼 떠가는 것을 볼 수 있다. 떠다니다가 제풀에 바람이 빠지는 풍선도 있고, 더러는 터지는 풍선도 있다. 슬픔의 풍선에는 귀가 없다. 내려오라고 아무리 설득해도 내려올 생각을 하지 않는다. 모든 걸 혼자 결정하려 한다. 갑자기 터지지 않도록 슬픔에도 귀를 달아 주어야 하고, 입을 달아 주어야 한다.

슬픔의 풍선이 되는 것은 좋은 일이 아니다. 우리는 슬픔을 풍선이 아니라 다른 것에 의탁해야 한다. 음악에, 오솔길에, 바닷가 몽돌이나 모래알에게 의탁해야 한다. 새들에게, 꽃들에게 의탁해야 한다. 그 존재들은 슬픔을 덜어 가기만 하는 것이 아니다. 눈물에 씻긴 그 존재들이 그 때문에 빛나기도 한다.

어린 시절 슬픔을 꽃에 의탁했다. 제비꽃과 보라색 도라지꽃, 진홍색 장미꽃에 의탁했다. 왜 보라색과 진홍색이었는지는 지금도 설명하지 못한다. 어떤 방식으로 의탁했는지도 설명하지 못한다. 그냥 꽃들 옆에서 슬픔을 덜어 냈다.

그 꽃들도 슬픔을 가졌다고 생각했기 때문이었는지도 모른다. 서로의 슬픔을 거울처럼 비춰 주며 내내 함께 견뎌 보자고 속엣말을 했을지도 모른다. 지금도 그 꽃들을 만나면 그냥 꽃 같지 않다. 서로 멀리 떨어져 제 슬픔을 견디며 살다가 만난 옛 친구들처럼 느껴진다. 떨어져 있는 동안 슬픔을 견디는 무슨 대단한 지혜가 생긴 것도 아니다. 그래도 굳이 묻는다면, 꽃이 함께 견뎌 주는 슬픔에는 얼마든지 굴복해도 된다고 말해 줄 수는 있다.

싫어한다고 해서 싫어하는 것이 우리 인생에서 쉽게 사라지지 않는다. 피하게 해 달라고 간절히 기도해도 소용없고, 앞에 불쑥 나타날까 봐 길을 돌아서 가면 돌아간 길에 나타나곤 한다.

싫어하는 것을 피할 수 없는 것은 비극이다. 그 비극을 피하려고만 하면 우리 삶은 비극으로 더 많이 채워지고 만다. 인간은 싫어하는 것과 좋아하는 것 사이를 오가는 긴장 속에서 삶의 탑을 세울 수밖에 없다.

싫어하는 것과 어쩔 수 없이 함께 지내야 하는 상황을 비극이라고 표현하고, 좋아하는 것과 함께 지내는 상황을 희극이라고 표현한다면, 삶 속에서 희극과 비극 중 어느 시간이 더 길까?

마거릿 애트우드(1939~)는 『눈먼 암살자』(2000, 2000년 부커상 수상작)에서 비극이 단일하고 긴 비명悲鳴은 아니라고 말한다. 마치 인생이 단일하고 긴 비명은 아니라고 말하는 것처럼 읽혔다.

비명은 길 수 없고, 비극은 단일한 것일 수 없다. 생의 밑바닥에 가장 넓고 길게 깔려 있는 것이 비극이기 때문이다. 비극 위에 간간이 희극이 슈거파우더처럼 뿌려질 뿐이다.

비극 위에 뿌려지는 희극은, 비극을 견디다 너무 일찍 끊어지거나 부서질 것을 염려하여 근근이 이어지게 만들려는 신의 못된 장난일지도 모른다.

매번의 비극도, 매번의 희극도 크기가 같지 않다. 아마도 큰 것보다는 작은 것을 가까이하게 될 것이다. 큰 희극은 만들어 내기에 힘들고 너무 멀리 있게 느껴질 것이다. 큰 비극은 견뎌 내기에 힘들어서 멀리 있었으면 하고 바랄 것이다.

비극은 작은 것들에 집착하게 만든다. 넓은 곳을 바라보지 않고, 오로지 작은 점을 바라보게 한다. 두렵기 때문이다. 그렇지만 외면하기 위하여 작은 것들을 사랑하는 방식으로 비극을 대하고 싶지는 않다. 그건 사랑하는 방식이 아니라, 어쩔 수 없이 견뎌 내는 방식이기 때문이다.

희극은 비극을 위해 마련된 것인지도 모른다. 나중에 비극이 찾아왔을 때 조금 더 견디라고 그러는 것인지, 덜 견디라고 그러는 것인지는 알 수 없지만 그렇게 준비된 것 같다.

하지만 약을 위해서 병이 준비되지는 않는 것처럼, 비극은 희극을 돋보이게 만들기 위해서 마련되는 것이 아니다. 나중에 웃기 위해 만들어지는 과정이라는 생각으로 비극을 대한다면, 삶은 희극이 아니라 촌극이 되고 만다. 그건 비극의 미학이 아니다.

Chapter 12.

주름 만들기

거울을 보니 주름이 더 늘어난 것 같다. 주름을 세려던 것도 아니었는데 거울 속의 얼굴을 한동안 바라보다가 뜬금없이 "생은 주름 만들기네. 요람에서 무덤까지가 아니라 주름에서 주름까지가 생의 진실이네."라고 중얼거리고 말았다.

우린 주름으로 태어난다. 막 태어난 신생아는 온몸에 주름이 가득하다. 큰 아이가 막 태어났을 때 간호사가 보여 준 아이에게서 가장 먼저 눈에 띈 것은 이상하게도 주름이었다. 다음 날부터 아이의 주름은 조금씩 펴지기 시작해서 한 달도 지나지 않아 주름은 모두 사라졌고 아이는 통통해졌다. 주름을 잔뜩 갖고 태어났다는 사실은 그렇게 까맣게 잊히고, 아기의 시절을 육체적으로도 정신적으로도 주름과는 무관한 시절로만 여긴다.

부정하려고 해도 인간은 주름으로 태어나 주름으로 돌아가는 존재지만, 주름에서 시작했다는 사실을 까맣게 잊고 주름이 생기는 것을 완강히 거부한다. 주름을 없애기 위해 보톡스를 맞고, 잘라 내고, 팽팽하게 당긴다. 주름이 짧게 남은 시간을 상징한다고 믿기 때문일 텐데, 왜 억지로 주름을 펴는 대신 불필요한 일들에 쏟는 시간을 걷어 내고 잘라 내지는 않으려는 것일까.

잔뜩 움츠러든 주름을 한껏 펴면 시간이 늘어날 것이라고 믿기 때문이겠지만, 시간은 굴곡이 생긴 것을 곧게 펴서 늘릴 수 있는 게 아니다. 시간은 주름을 닮았다. 잔뜩 주름이 져야만 용량이 늘어난다. 한정된 공간에 쌓일 수밖에 없는 게 시간의 운명이다. 그걸 거부한다면 어쩔 수 없는 일이기는 하다.

2013년, 어느 전시회에서 황재형 화가의 〈아버지의 자리〉(162.1×227.3cm)라는 그림 앞에 한참을 먹먹해진 마음으로 서 있었던 기억이 있다. 커다란 그림 속 한 노인의 얼굴에 가득했던 주름 앞에서 말을 잃고 말았다. 주름들이 거대한 산맥 같았고, 주름들의 계곡에 흐르는 것은 슬픔일 것 같았다.

슬픔이 사라지면 더는 주름이 생기지 않을까? 슬픔을 이겨내면 생겼던 주름이 사라지기는 할까? 이겨 냈다고 생각하지만 어딘가에 갈무리되어 있다가 때가 되면 다른 모습으로 다시 나타나는 것인지도 모른다. 그렇게 드러나는 것이 주름은 아닐까?

시간이 만든 골짜기가 분명한데, 사람들은 이제 나이가 들어도 주름이 생기지 않는다. 생기기는 했는데 약물을 주입하여 생의 계곡을 계속해서 메꾸어 버린다. 주름은 비극과 희극 사이를 오가며 만든 길일 텐데 메꾸어 버린다.

주름은 인간이 만들 수 있는 가장 장엄하고 숭고한 비극의 징표다. 그런 징표를 없애고 밖으로 내비치려 하지 않는 이들이 낯설다. 생의 깊은 미학들은 희극이 아니라 비극에서 탄생한다고, 그 증거가 바로 주름이라고 믿는 내게는 낯설기만 하다.

구름이 주름으로 접혀 있는 저 푸르른 곳을, 저 검은 곳을 허공이라고 말하지 마. 보이지 않는 그곳에는 슬픈 소리들이 살고 있어. 아코디언 구름의 주름을 펴고 허공을 짚으면 슬픔이 음악이 되어 흘러나오지.

허공의 주름 속에 슬픈 소리들이 살고 있다는 걸 어떻게 설명해야 당신이 이해할까. 내가 사랑하는 〈Once upon a time in the west〉를 들어봐. 허공이 다르게 느껴지게 될 거야.

많은 악기들이 〈Once upon a time in the west〉를 연주했지만 늘 테레민Theremin[2]이 떠올라. 허공의 주름 속에 슬픈 소리들이 살고 있다는 걸 테레민이 가장 잘 알고 있거든. 다른 악기들도 허공의 슬픔을 전해 주려고 했지만, 테레민만큼은 하지 못했어.

〈Once upon a time in the west〉를 들을 때마다 생각하지. 그토록 쉽게 죽음이 만들어지는데, 어째서 음악은 그토록 아

---

2. 소련의 물리학자 레온 테레민이 1920년 만든 전자악기. 두 개의 안테나 사이에 만들어지는 전자기장을 손으로 간섭하여 음을 만들어 낸다. 허밍처럼 아름답고 슬픈 음을 만들어 낸다.

름다운 것인지. 그런 의문에 언젠가 당신이 답을 주었지. 죽음이 그토록 가벼워서 음악이 아름다울 수 있다고.

그래, 당신 말이 맞을지도 몰라. 죽음이 너무 무겁게 다가오면 음악이 끝나기도 전에 절명했을지 몰라. 테레민을 이야기하다가 다른 이야기를 하고 말았네. 테레민이 무거움과 가벼움을 알고 있는 것 같아서 나도 모르게 꺼내고 말았어.

유리잔도 생각이 나. 유리잔 속에도 슬픈 소리들이 살고 있거든. 유리는 소리를 내는 맑은 짐승이야. 유리과科의 동물들은 거의 모두가 속을 보여 줘. 어떤 것들로 속을 채웠는가를 숨기지 않고 보여 줘. 물을 마신 유리를 손가락으로 가볍게 문질러 울게 하는 걸 본 적 있어? 마신 것만큼 소리를 내지. 물이 소리를 품고 있는 주름이라는 걸 그때 알았어.

둔탁한 소리는 유리에게는 없는 음성이야. 쨍그랑 소리 들어보았지? 어느 짐승이 단말마를 그렇게 맑고 짧은 음성으로 낼 수 있을까? 예술가들이? 예술가들이 점점 많아지고 있어. 그게 걱정스러워. 그들이 남긴 것들도 점점 쌓여 가고 있으니까. 허공에 있는 소리만으로도 충분할지 모르는데 말이야.

다른 것들은 쌓이고 쌓이면 지구에 해를 끼친다고 걱정들 해. 예술가들이 계속 쌓는 것들, 예술이란 이름이 붙은 것들은 왜 그런 비난에서 벗어나 있는 걸까? 쓰레기의 개념이 다시 정립되어야 하는지도 몰라. 밀물이 가져갈 수 있는 것들만 예술의 문양이 되어야 할지도 몰라.

어쩌면 백사장도 예술이 아주 적었던 시절의 맑고 깨끗한 모습으로는 돌아가지 못할 것 같아. 모래들이 만든 주름에 이젠 다른 것들이 갇히고 있어. 파도가 가져가기 어려운 것들이 많이 생겨난 것 같거든. 미술, 음악, 문학…… 예술 분야 전 영역에서 쓰레기가 급속히 늘어나고 있어. 그중 어떤 것들은 너무 커. 쓸려 간 것들이 너무 많아서 섬 하나를 이루고 있고. 다시는 세상이 유리 같은 맑은 울음소리를 내지 못할지도 몰라.

어쨌든 허공에도, 유리에도 그리고 다른 사물에도 슬픈 소리들이 살고 있어. 우리 몸에도 슬픈 소리들이 살고 있겠지. 하지만 겨우살이의 방식 같은 동거가 아니야. 아무리 찾아내려고 해도 찾아낼 수 없는 방식으로 존재하거든.

그러다가 몸과 마음이 두 개의 안테나가 되어 슬픔의 전자기장이 되었을 때, 누군가 건드리기라도 하면 소리가 나는 거지. 어쩌면 그 음악만으로도 충분했을지 모르겠어.

생의 중요한 고비마다 칩거했던 기억이 여러 차례 있다. 그때마다 책을 잔뜩 쌓아 놓고 시간을 보냈다. 고치 속으로 들어가 칩거하게 만든 것은 세상이 던져 준 슬픔 때문이었는데, 그걸 견디는 방법을 몰라서 문장의 실로 고치를 지었다.

고치 속에서 야금야금 먹은 책이 무엇을 바꿔 놓았을까? 생을 지탱하는 중추는 더 강해졌을까 나약해졌을까? 강해지든 나약해지든 변하기 위해서는 책이 있어야 했다. 책이 있어야 슬픔의 연원을 파헤치고, 문장으로 변주하며 견딜 수 있다고 믿었다.

칩거의 고치 속에 있었지만 조금씩 성장하는 변화가 있었다. 변하지 않았다면 치기稚氣와 유치幼稚의 시간에 더 오래 머물렀을 것이다. 오로지 육체만 늙어 갈 뿐, 날개를 꿈꾸지 못하는 시간에 아주 오래 머물렀을 것이다.

생각이 접히고 접혀 주름 속으로 들어가지 않았더라면 지금도 고치 속에서 몸을 움직이지 못하는 누에고치의 모습일지 모른다. 불필요한 체적을 줄이며 주름을 만든 덕분에 생이라는 걸 만들었다.

여전히 칩거를 가져온 흉측한 기억을 훌훌 벗어 버리고 아름다운 나비가 되었다고 말할 수 없다. 그래도 나쁘지 않다. 날개의 시간은 짧을 것이니, 고치의 시간을 더 가져도 좋을 것이다. 그래도 고치 천장을 가를 날은 셈하며 지내야 할 것 같다. 무엇 때문에 고치 속에 머물고 있는지를 기억해야 할 것 같다.

세상에는 날개를 얻은 나비보다 고치가 더 많다. 골목을 걷다 보면 식당과 주점의 탁자마다 고치들이 마주 앉아 있는 모습이 보인다. 고치들은 속이 보이지 않는 하얀 외피의 모습으로 앉아 있지만, 그 속에 꿈틀거리는 주름의 생이 들어 있다.

날아오를 때를 기다리는 고치들이지만 한꺼번에 고치를 가르지는 않을 것이다. 일시에 고치를 열고 나비가 되는 일을 애써 막기 때문에, 고치 속에서 칩거하며 슬픔을 주름으로 다스리고 있는 덕분에, 세상이 이어지고 있는지도 모른다.

Chapter 13.

아카이브의 울타리

사막 유목민들의 역사와 문명을 다룬 책을 읽다가 무지함이 상처를 만든다는 생각을 또다시 하게 되었다. 아무리 많은 책을 읽고 많은 공부를 해도 편협을 벗어나기 어렵다는 것도 깨달았다. 어쩌면 편협은 인간의 천성일지도 모른다.

사하라사막에서 별빛을 맞으며 시린 밤을 보내는 유목민들을 베르베르인Berber이라고 부른다. 그들을 부르는 다른 이름이 있는지 궁금하지 않았고, 다른 이름을 알지도 못했다.

'베르베르'라는 이름은 그리스인들이 자신들을 제외한 다른 민족을 '야만인'으로 부르는 이름에서 기원했다. 중국 한족들이 자신들을 제외한 다른 민족들을 오랑캐라고 부른 것처럼 말이다. 그들을 베르베르인이라고 부르는 것은 중국인들이 우리를 오랑캐라고 부르는 것을 웃으며 받아들이기를 강요하는 것과 같다. 그런데도 관광객들은 여전히 베르베르를 입에 올린다.

그들은 스스로를 '이마지겐Imazighen'이라고 부른다. '자유로운 사람', '고귀한 사람'이라는 뜻이다. 이마지겐, 이마지겐……. 아름다운 여운을 가진 이름이다.

이 세계는 스스로를 고귀하게 여기는 부족들이 일정한 거리를 두고 살았고, 영원히 그렇게 살아야 했던 세계였다. 울타리를 넘보지 않고 멀리서 다른 부족의 울타리를 바라보는 미학을 일구어야 했다.

울타리가 무너지며 고귀한 사람들이 싸우게 되고, 약탈자와 약탈당한 자로 나뉘게 되었다. 무너진 울타리는 자신들의 고귀한 이름을 빼앗기고 '야만인'이라는 치욕의 이름을 뒤집어쓴 이들을 곳곳에 만들어 냈다.

치욕의 시대가 길어지면 자신들의 연원을 잊는다. 어느 늦은 밤, 전주한옥마을에서 동문 거리를 거쳐 객사 앞을 지나는데, 수많은 상가의 이름이 영어와 프랑스어로 되어 있는 것을 새삼스럽게 발견했다. 그 나라 사람들은 우리를 뭐라고 부를까 궁금해졌다. 영어와 프랑스어 이름을 갖기 이전에 '이마지겐' 같은 고귀한 어떤 이름이 우리에게 존재하기는 했을까?

이름은 온갖 것들로 가득 찬 공간을 부르는 아카이브의 문패다. 주인이 걸지 않은 문패의 이름을 함부로 부르면 안 된다. 사하라사막에서 별빛을 받으며 사는 유목민들의 이름을 다시 가만히 불러 보았다. 이마지겐, 이마지겐…….

공간만이 아니라 언어도 울타리다. 같은 울타리(지역)에 같은 언어를 쓰는 사람이 모여 사는 것은 그 때문이다. 요즘은 다른 언어를 쓰는 사람들도 울타리 안에 많아졌지만, "언어가 곧 울타리"라는 개념이 사라진 것은 아니다.

공간적 울타리를 지키지 못하면 언어는 사라진다. 강제로 울타리가 허물어진 많은 곳마다 언어들이 사라졌다. 언어가 사라지는 것을 안타까워하는 사람들이 많지만, 다른 쪽에서는 언어와 울타리가 사라지는 것이 좋은 일이라고 반긴다. 하나의 언어만 남는다면 서로를 오해하는 일은 사라질 것이라고 말이다.

어제도 그제도 같은 언어를 사용하는 울타리에서 격한 싸움들이 있었다. 오늘의 모습도 크게 달라지지 않았다. 그 사람들은 분명 서로를 지옥에서 온 음습한 존재쯤이라고 생각할 것이다. 자신들과 다른 생각을 말하는 것만으로도 같은 울타리 안에 있어서는 안 되는 존재라고 여길 것이다.

아침마다 서로 다른 새들의 지저귐을 들으며 잠이 깨던 일을 멈춰 세우려 하고, 다른 날개를 가진 새들이 똑같은 음성을 들려주는 일이 오해를 없애는 일이라고 설득하는 이들이라면 분명 지옥에서 온 음습한 존재들이 맞다.

다른 언어는 세계를 다른 떨림으로 체감하는 것이다. 다른 떨림을 이해할 수 없다고 해서 그 떨림을 만들어내는 세계를 증오하는 것이 현명한 것일까?

만약 그 놀라운 음성들이 모두 사라지고 하나의 음성만이 살아남는다면, 어떻게 신선한 충격을 주는 입술을 만날 수 있을까? 하나의 언어만 살아남는다면, 어떻게 강물의 언어로 바다의 파도, 숲의 파도를 노래할 수 있을까?

왜 모든 것이 이해의 울타리 속으로 들어가야 하는 걸까. 왜 3분의 1쯤은 미지의 안개 속에 남겨 두지 못할까. 왜 미지의 안개 속에서 칼날만이 튀어나오리라고 상상할까.

울타리를 가진 마을을 세계로 확장해 보자. 울타리 안의 모습은 다양하다. 당연한 일이다. 다양한 모습이 당연한 일인 것처럼 울타리 안의 언어들이 다양해야 하는 것도 당연한 일이다.

이름의 세계도 울타리가 있다. 자신의 이름을 익명에서 탈출시켜, 저명著名의 세계로 진입시키려는 것이 인간의 꿈이다. 어느 누가 자신의 이름을 익명의 바다에서 떠돌다가, 저보다 큰 물짐승의 배 속으로 한 입에 사라지기를 원하겠는가.

밤거리를 걷다 보면 낮 동안 숨을 죽이던 목소리들이 외치는 소리가 들린다. "너희들, 내가 누군지 알아!" 그러나 아무도 목소리의 주인공을 모른다. 그는 익명의 바다를 떠도는, 어디선가 흘러온 술병을 핥고 취한 한 마리 작디작은 물짐승일 뿐이다. 그는 곧 더 큰 물짐승의 취한 목소리에 지워지고 만다.

낮은 다를까. 지하철 광고판에는 익명을 벗어난 아이돌 여가수들과 힙합 가수들의 사진이 다정하다. 지하철을 기다리는 익명들은 저명한 이름을 속으로 떠올려 본다. 그 옆에 자신의 이름을 놓아 본다. 공허는 사라지지 않고, 증폭된다.

세계는 거대한 건물들의 나열이다. 거짓 자아는 그 안에 가득하다. 그러나 거짓 자아는 힘이 있다. 거대한 건물들에 속해 있는 한, 힘뿐만 아니라 돈도 있고, 권력도 있다. 그들은 진정한 세계인을 거부한다. 그들은 익명의 바다를 헤엄치는 거대한 물짐승의 비늘 안에 들어 있기 때문이다.

익명의 바다도 여러 곳이 있다. 바다를 잘못 택한다면, 이를테면 도망칠 곳이 많지 않거나 사해 같은 곳이라면 '진정한 세계인' 따위는 존재하지 않을 수도 있다.

우리는 울타리의 안이나, 밖, 혹은 경계에 선 존재다. 생의 풍경을 잘 그리려면 울타리가 구분하고 있는 세계를 먼저 이해하는 것이 필요하다.

이름을 부르고 짓는 일도, 말을 하는 일도 사람의 몸 안에 들어 있는 생각들과 움직임을 해명하는 일이다. 잘 해낸다면 해명이 되지만, 잘 해내지 못하면 변명이 되고 만다. 해명하는 삶이 그리 아름답지 않으니, 변명하는 삶이라면 아름다움과는 거리가 멀 것이다.

추하다고 해도 변명과 해명을 피할 수 없다. 그것이 '나'를 구성하는 것들, 아카이브를 보여 주는 방법이기 때문이다. 사람들이 여러 가지 질료들로 구성된 자신의 식탁을 찍어 블로그와 인스타에 올리는 것도 자신의 아카이브를 보여 주는 것이다.

아카이브는 태생의 몸이 아니어서 해명과 변명이 필요하지만 숱한 해명들과 변명들도 결국은 하나씩의 세포가 되어 우리의 생을 이루게 된다.

변명과 해명이 생의 무늬를 만들게 되고 만다. 그때 그 무늬가 영원히 몸에 새겨지는 타투Tattoo가 될지, 시간이 흐르고 나면 사라지는 헤나Hena가 될지는 알 수 없다. 영원이 될지, 잠시가 될지는 아카이브를 꾸민 사람에게 달려 있다.

궁금해진다. 내 몸은 어떤 해명으로 만들어졌는지. 달리는 일, 노래 부르는 일, 커피를 마시는 일, 꽃을 보러 가는 일, 바람을 한껏 들이키는 일……, 그런 일들은 어떤 해명으로 나의 몸이 되는지.

아직 문패가 걸려 있는 낡은 동네의 골목을 걷는다. 문패에 걸린 이름들을 하나씩 속으로 불러 본다. 이름을 불러 보고 이름의 집 안에 어떤 아카이브들이 이름에 따라 설명되고 있는지 상상해 본다.

Chapter 14.

소리 무늬

전주에서 가장 많은 사람을 보는 때는 한옥마을에 갈 때다. 거리를 지나면서, 한 사람 한 사람이 모두 신기하게 생겼다고 느낀다. 같은 느낌을 주는 사람이 없다. 한 사람 한 사람뿐만 아니라 그들의 몸 각 부분도 독자적인 세계를 갖고 있으리라는 느낌을 준다.

실제로 모든 이의 몸의 각 부분이 유일하게 존재한다. 그게 아니라면 눈동자, 손바닥 등 몸의 여러 부분을 이용한 생체 인식 시스템이 만들어지지도 않았을 것이다.

손이 어딘가에 닿으면 흔적이 무늬로 남는다. 그 무늬가 지문指紋이다. 음울하고 흉악한 사건을 일으킨 사악한 존재들이 남긴 흔적이 되기도 하지만, 유일하고 오롯한 존재로서의 특별함을 상징하는 표식이 되기도 한다.

손가락만 오롯한 무늬를 가진 것이 아니다. 온몸 구석구석이 오롯한 무늬들이다. 인간은 태생부터 다른 이들과는 다르게 생긴 무늬를 타고나는데, 그 무늬들은 몸의 기관들 가운데 하나씩을 시원으로 삼고 기억을 만들어 낸다.

눈에 보이는 무늬는 오히려 적고, 눈에 보이지 않는 무늬가 더 많다. 흉터처럼 눈에 보이는 무늬보다, 보이지 않는 무늬가 생에 더 깊이 흉터로 새겨져 있다.

처음에는 작은 차이만 발견되던 무늬들이 시간과 공간이 달라지며 더욱 다른 모습을 갖는다. 누군가의 뒷모습을 지켜보고 있으면, 겹겹의 무늬로 만들어진 생의 천이 걸어가고 있다는 느낌을 받게 될 것이다.

시각적인 무늬만 있는 것이 아니다. 냄새의 무늬, 맛의 무늬, 촉감의 무늬…… 다양한 무늬들이 사람을 만든다. 그 무늬들은 사람의 몸 계곡과 마음 계곡에 지류를 하나씩 내고, 지류들은 서로 만나고 헤어지며 흘러간다. 우리 생은 냄새의 무늬, 시야의 무늬, 촉감의 무늬 등 무늬들의 강과 실개천이 그려 놓은 유화다.

당연히 목소리도 무늬를 갖고 있다. 성문聲紋, 소리 무늬다. 모두가 다른 소리 무늬를 갖고 있다는 사실을 굳이 소리 전문가에게 가서 확인할 필요도 없다. 어미 펭귄은 수천 마리의 새끼들이 우는 가운데서 정확히 자신의 새끼를 찾아내고, 새끼도 똑같이 어미를 찾아낸다.

펭귄만큼은 아니어도 우리도 그럴 수 있다. 인파 속에서 누군가가 부르는 목소리를 듣고 뒤돌아선 기억이 있다. 아련 기억이나 그리운 기억의 소리 무늬 파장이 귓가에 닿아 돌아섰다. 돌아선 기억 대부분의 자리에 친근한 누군가가 손짓하고 있었다.

그리운 사람, 강아지, 고양이, 새들뿐만이 아니다. 식물들도, 움직이지 않는 바위도 소리 무늬를 갖고 있다. 귀를 대고 들어보면 수많은 종류의 나무들, 크기와 모양이 다른 바위들 어느 하나 동일한 소리를 내지 않는다는 것을 알게 된다.

나무의 구부러진 모양, 바위의 패인 모양이 바로 그 나무와 바위만의 특별한 소리 무늬가 고인 연못이다. 물과 바람이 그 무늬를 만들었다. 그 무늬를 몸과 생에 새기려는 시간이 저 건너에서 손짓하고 있다.

글을 쓰는 것은 마음속에 들어 있는 노래와 춤을 종이 위에 새기는 일이고, 글은 종이 위에 새긴 문신이다. 몸에 새겨진 타투가 사라지지 않고 몸과 함께 늙어 가듯이, 종이에 새겨진 타투도 종이와 함께 늙어 간다. 몸과 함께 운명을 마치는 타투처럼 종이에 새겨진 타투도 종이와 함께 마지막을 맞는다.

종이 위에 몸보다 더 많은 것을 새길 수 있다고 해도 마음의 노래와 춤을 새기는 일이니 함부로 새길 수는 없다.

마음속 소리를 종이 위에 새긴 것이 글이기 때문에 당연히 모든 글에는 소리 무늬가 있다. 잡스러운, 우아한, 유치한, 성숙한…… 온갖 무늬가 있다.

낭독하는 이에 따라서 글의 소리 무늬가 다르게 느껴지기도 하고, 같은 글을 다른 시간에 읽거나 홀로 조용히 읽어 보는 것만으로도 글이 여러 소리 무늬를 가졌다는 것을 느낄 수 있다. 어쩌면 목소리보다 글의 목소리가 더 깊고 넓은 무늬의 세계를 가졌을지도 모른다.

소리 무늬가 정말 있느냐고, 자신은 본 적이 없다고 하시겠지만 당신도 분명히 보았다. 연못 속에 작은 돌을 던졌을 때 둥글게 퍼져 나가던 무늬가 바로 소리 무늬다.

소리 무늬는 그 어떤 무늬들보다 빨리 만들어지고 빨리 사라진다. 기계에 소리를 담을 수는 있지만 소리만 담길 뿐이다. 소리 무늬는 어떤 기계로도 담을 수 없다.

화가도 시인도 소설가도 가수도 어느 장소 어느 시간에 그리고 표현한 소리 무늬를 두 번 다시 재연할 수 없다. 한 번 태어난 후에 다시 태어나지 않는다. 다른 장소 다른 시간에서는 다른 무늬가 태어난다. 소리 무늬보다 짧은 수명을 가진 존재는 찾기 어려울 것이다.

단 한 번 태어나는 우리처럼 소리 무늬도 단 한 번 태어난다. 우리는 백 년 가까운 파장으로 긴 무늬를 그리지만 소리 무늬는 번개처럼 빠르게 성장하고, 그만한 속도로 사라진다.

너무 빨리 태어났다가 너무 빨리 사라지니 집중하고 있어야 한다. 불꽃처럼 허공을 수놓았다가 사라져 버리니까.

사진 속에도 소리가 있다. 멋있는 포즈를 취한 대부분의 사진 속 소리는 시끄러운 침묵으로 다가온다. 그래서 사막을 찍은 사진을 좋아한다. 그 사진에서 흘러나오는 소리는 시끄럽지 않다. 귀를 잔뜩 기울여야만 들리지만, 사르륵사르륵 소리가 들려온다. 모래의 잔물결 소리다. 언젠가는 그 소리를 만든 모래의 물결을 꼭 만나고 싶다.

카자흐스탄의 최남단, 일리강과 악타우산맥 가까운 곳에 '노래하는 사막(빠유쉬 바르한)'이 있다고 한다. 모든 사물이 소리를 가졌고 그 소리는 노래이기도 할 테니, 사막이 노래한다는 사실이 하나도 이상하지 않다. 그리 크지도 넓지도 않은 작은 사구沙丘에 불과한 '빠유쉬 바르한'이 어떤 노래를 부르는지 궁금할 뿐이다.

바닷가에서 모래벌판을 걸은 적이 있다. 뽀드득 소리가 났다. 그 소리를 들으며 계속 걷고 싶었다. 관기에 살던 소년 시절에도 금강으로 이어지는 기대리 앞 시냇가에 모래벌판이 있었다. 그곳에서 놀 때도 모래 속으로 발목까지 빠지며 만들어내는 소리에 홀렸던 기억이 있다. 뽀드득 소리를 내며 만들어진 작은 함몰, 발바닥과 발목에 감겨드는 간질거리는 느낌.

모래를 계속 걷고 싶었던 것은, 모래의 음률을 들었기 때문이었다. 귀로 듣기만 한 게 아니라, 발바닥으로 발목으로, 튕긴 모래를 맞은 종아리로 들었기 때문이었다. 귀로 듣는 청각을 잃고, 몸에 전해져오는 전율을 듣는 청각을 얻은 사람들처럼 말이다.

사물은 하나의 노래를 갖지 않는다. 다가오는 것들에 따라 다른 노래가 만들어진다. 물을 만났을 때의 노래와 바람을 만났을 때의 노래, 작은 돌을 만났을 때, 큰 돌을 만났을 때의 노래가 다르다. 사막구르기거미가 지나갔을 때와 작은 도마뱀이 지나갔을 때, 사막여우가 지나갔을 때의 노래가 모두 다르다.

모래 본연의 노래는 어떤 것일까. 모래와 모래가 만났을 때의 노래가 본연의 노래일까, 모래와 바람이 만났을 때의 노래가 본연의 노래일까, 아무것도 만나지 않고 소리를 낼 준비를 하고 있을 때의 소리—누가 그 소리를 들을 수 있을까. 오직 신과 모래 자신만이 그 소리를 알고 있을 것이다.—가 본연의 노래일까.

한 번도 가 보지 않은 사막이 자꾸 그리워진다. 그곳에 있는 노래가 그리워진다. 결코 풍성하거나 습하지 않을 노래, 여러 색이 곁들여지지 않았을 노래, 메마르고 단색을 가졌을 노래가 그리워진다. 들어 보지도 못한 노래가 그리워지는 이유를 설명할 수 없다.

발바닥은 이유를 알고 있을 것 같다.

Chapter 15.

계단의 이름

꿈속에서 자주 굴러떨어진다. 떨어지기는 하는데 바닥에 닿지를 않는다. 꿈에서 굴러떨어지면 키가 큰다고 하는데, 더 크지는 않는 것 같고 이미 그럴 나이도 지났다. 더 작아지지나 않았으면 좋겠다.

떨어지는 꿈은 꼭 장막극 같다. 바닥에 닿지 않았기 때문인 것 같다. 어떻게든 떨어지고 다음번 꿈에 지난번 떨어진 자리에서 다시 떨어지기도 한다. 그렇게 굴러떨어지는 곳에는 종종 계단들이 있다. 꿈 밖으로 나와서도 내리막 계단 앞에 서면 굴렀던 기억 때문에 잠시 긴장하게 된다.

상상 속에서도 계단을 만난다. 어떤 목소리가 나를 부른 것 같아 문밖으로 나서면, 또 다른 세계의 정원으로 가는 계단이 거짓말처럼 놓여 있다. 계단이 낯설지 않음을 깨닫는다. 평범한 형상을 가져서 그동안 눈여겨보지 않았고, 그 때문에 알아

보지 못했다는 것도.

몸을 숙여 처음인 것처럼 계단을 만져 본다. 철이나 돌, 나무로 만들어지지 않았다. 이 세계에 존재하지 않는 재료로 만들어진 계단인 것 같다. 사물이 아닐 수도 있어서, 계단에 이름을 붙여 주지 못한다.

계단은 말랑말랑하면서도 단단하다. 나무의 촉감, 돌의 촉감, 물짐승 지느러미의 촉감, 나비 날개의 촉감, 구름의 촉감, 물결의 촉감이 모두 느껴진다. 너무 많은 촉감이 느껴져 어떻게든 이름을 붙이려다가 포기하고 웃어 버린다. 웃다가는 울어 버린다.

계단은 분홍빛이었다가 초록빛이 되고, 잿빛이 되었다가 검은색이 된다. 지상의 모든 색을 품었다가, 모든 색을 잃어버린다. 직사각형이었다가 삼각형이, 오각형이었다가 육각형이, 백팔각형이 되었다가 원형이 되어 버린다. 세계의 모든 각을 품었다가, 둥글게 되었다가 평평해진다. 기이한 계단이다.

끝내 그 계단을 하나의 모습이나 색으로, 각으로 명명하지 못한다. 모였다가 흩어지곤 하는 생각으로 계단은 만들어졌다. 놀랍도록 아름다운 결정結晶이라는 걸 비로소 깨닫는다.

발자국을 한 단계 높은 곳으로, 한 단계 낮은 곳으로 이끄는 계단은 결정화된 사물이다. 결정화는 아름다움이다. 보석 같은 사물들은 하나같이 결정화를 통해 아름다움을 얻는다. 의미 또한 결정화를 통해 얻어진다. 화석은 결정화를 통해 상상할 수도 없는 긴 시간을 제 몸에 품는다.

그럴 수만 있다면, 나의 모든 발자국이 예술적 결정체인 계단만 디뎠으면 좋겠다. 걸음이 그냥 앞으로 나아가는 관성이 아니라 섬세하게 의도된 붓질이기를, 깊이 고민하여 선택한 한 줄의 문장이기를 바라는 마음으로 계단을 올랐으면 좋겠다.

작고 사소한 존재들이 모여서 이루어진 것이 거대한 세계지만, 그 세계는 정작 자신을 이룬 존재들에 대해서는 조금도 관심이 없다. 제법 유명해져서 화려하게 레드 카펫을 밟은 발걸음조차 곧 다음 발걸음에 묻히고 만다.

인간이 연결되고 연결되어 커진 거대한 세계지만, 세계는 연결 고리가 된 어느 걸음도 기억하지 않는다. 계단에 묻은 발걸음의 기억은 다음 걸음을 위해 수시로 청소된다. 누군가의 발자국을 보고 계단을 오르지만, 누군가의 발자국을 지우는 일이 되고 만다. 계단을 오르는 모든 발걸음이 끝내 외로워진다.

시간 속의 계단도 그렇다. 먼저 살다 떠난 이들의 계단을 다시 밟는 일이 살아가는 일이다. 결국은 사라지게 된다는 사실 때문에 같은 계단을 오르고 있다는 사실에 의미를 적게 부여하고 사소하게 느끼게 된다. 그렇다고 대단한 계단을 오르게 되는 것도 아닌데 말이다.

사소한 계단……. 거대한 공간과 시간 안에서는 모두 사소해질 수밖에 없다. 누군가 올랐던 낯선 계단 앞에 멈춰 서서 바라보는 풍경이 점점 따뜻하게 느껴지는 것은 그 때문이다. 사소하다는 것에 대한 아픈 공감.

우리 주변의 모든 계단은 사소하다. 하지만 어떤 계단들은 사소하지 않다. 영화 〈로마의 휴일〉(1953)에서 오드리 헵번(1929~1993)이 걸었던 '스페인 계단', 〈록키〉(1977)에서 실베스터 스탤론(1946~)이 뛰어오른 필라델피아 미술관 계단, 〈조커〉(2019)에서 호아킨 피닉스(1974~)가 춤을 춘 뉴욕의 어느 계단, 그런 계단들은 사소한 계단이 아니다.

세르게이 미하일로비치 에이젠슈테인(1898~1948)의 영화 〈전함 포템킨〉(1925) 속 오데사의 계단은 기억의 풍경이 달라지며 '리슐리외 계단(오데사의 총독으로 계단 건설을 명령했던 리슐리외 공작에서 나온 이름)'에서 '포템킨 계단'으로 이름이 바뀌었다.

계단이 이름을 얻는 것도, 얻은 이름이 다른 이름으로 바뀌는 것도 사소한 일은 아니다. 계단이 번듯한 이름을 갖게 된 것은 그 계단들이 사소하지 않다는 걸 의미한다. 역사적 사건이나 문화적 사건이 일어난 중요한 기억의 장소가 된 것이다. 어쩌면 어느 유명인보다도 더 오래 기억될 것이다.

불운하게도 그런 사소하지 않은 계단들을 한 곳도 가 보지 못했지만, 사소하지 않은 유명한 계단을 올라 본 기억이 있다고 해서 생이 크게 달라질 것 같지는 않다.

내가 아는 계단은 일상 속의 사소한 계단들이어서 이름조차 없지만, 그 계단들이 사소한 생의 결에 빛나는 결정으로 함께 머물고 있다. 그 계단들에게 나만 아는 이름을 붙여 주어야겠다.

부산의 보수동 헌책방 골목에 갔을 때, 높게 이어진 골목의 계단을 올려다본 적이 있다. 계단이 어느 곳으로 이어지는지를 상상해 보았다. 그 계단은 눈에 보이는 곳에서 멈추지 않을지도 모른다. 눈에 보이지 않는 계단을 올라가면 거기 하늘이 있고, 사람들이 아주 작게 보일지도 모른다.

상상을 멈추고 물리의 눈으로 보면 계단은 수직성이 두드러진다. 수직의 계단은 숨이 차게 한다. 생의 숨이 훨씬 덜 찼으면 하는 이에게는 자이언트세쿼이아처럼 수직으로 높게 자라는 계단보다는 수평의 문법으로 셈하면서도 부끄럽지 않은 종류의 계단이 필요하다.

물리의 계단은 차라리 평등하다. 건물의 다른 층을 오른다거나 멋진 전망을 보여 줄 언덕을 오를 때 만나는 계단은 오르는 것만큼 내려가는 것이 뒤따른다.

생의 물리적 계단은 상승과 하강이 같아야만 한다. 산에서 만난 계단을 오르기만 한다면 다시 생의 들판으로 내려오지 못한다. 물리적 삶의 공간에서는 언제나 오른 만큼 반드시 내려와야 한다.

하지만 욕망의 계단은 수직적이고 평등하지도 않다. 욕망의 계단에서는 누구도 오른 만큼 내려가려 하지 않는다. 오로지

오르려고만 한다.

오르기만 하는 사람들만 있는 건 아니다. 다른 이들이 오르는 만큼 오르려다 보면, 천성적으로 생의 숨이 강하지 못해서 빠르게 숨이 차는 이들도 있다. 나도 그런 사람 중 하나다. 도무지 따라가기 어렵다. 숨이 차지 않으려면 욕망의 눈을 감아야 한다.

오르는 것에 집중하는 사람들은 생의 시간에서 계단을 내려오는 일이 평평한 자리로 돌아가는 것이 아니라 추락이라고 여긴다. 생의 계단에서 내려가는 것은 여러 부정적인 감정들을 일으킨다. 상실, 굴욕, 비통, 우울, 패배감, 좌절감, 체념…….

이런 부정적인 감정들을 모른 척 덮기 위하여 '비움', '쿨Cool하기' 같은 그럴듯한 장식 언어들이 생의 서재에 인테리어 소품으로 등장한다. 소품이 너무 많아져 생의 벽을 모두 가리게 되면 장식이 본질이 된 것으로 착각하기도 한다.

비우고 쿨Cool해지는 것으로 생의 숨이 덜 차게만 된다면 나쁘다고 할 수는 없을 것 같다. 비록 착각이지만, 생의 끝까지 이어진다면 진실을 모른 채로 떠날 수도 있으니까. 하지만 끝까지 이어지기는 어렵다. 소품이 없어져도 생의 기둥은 단단히 서 있을 수 있지만, 거세게 쏟아지는 세상의 소나기를 기둥 없이 소품으로만 오래 견디기는 어렵다.

Chapter 16.

돌아온 검은색

시간은 색이 없는 존재일 것 같지만 모든 사물이 자신의 색을 가진 것처럼, 시간도 색을 가졌다. 현재만이 아니다. 과거는 흑백의 정지가 됐을 것 같지만, 지나간 시간도 모두 색을 갖고 있다.

내게도 특별한 색의 시간이 있었다. 고향을 떠나기 전의 시간 속에서는 보라색의 시간이 유독 도드라졌고, 보라색에 대한 집착은 몇 개의 독특한 사건을 남겼다.

절반 이상의 학생들이 책보에 책을 말아 허리에 묶고 다니던 시절인 초등학교 3학년 때였다. 책가방을 갖는 것도 쉽지 않았던 그 시절에 보라색 가방을 고집했다. 짙은 보라색 가방은 존재하지 않아서 연한 보라색 가방을 갖게 되었다. 보라색이라기보다는 분홍색에 가까웠다.

나는 고집이 센 아이가 아니었고, 엄마 없이 할머니 손에 크던 시절이어서 고집을 피울 상황도 아니었는데 이상하게도 색을 고집했다. 할머니는 내 고집을 꺾지 못했다. 분홍색에 가까운 가방을 들고 학교에 갔을 때 곳곳에서 여자들이 갖고 다니는 색이라고 놀림을 받았다. 귀에 들리지 않았다.

6학년 때는 보라색 옷을 고집했다. 그때도 분홍색 가방을 가졌을 때만큼이나 놀림을 받았으나 역시 들리지 않았다. 비슷한 색이 아니라 정말로 보라색을 얻었으니까.

소중한 것도 사라진다. 갈평리로 봄 소풍을 갔다가 돌아오는 길에 날이 더워 옷을 벗어 들고 걷다가 잃어버리고 말았다. 옷이 사라진 걸 깨닫고 길을 되짚어 갔으나 옷을 찾지는 못했다.

바로 그해에 가을 소풍 때문에 자전거를 사야 했다. 지금은 사진가들이 좋아하는 출사지가 된 임한리 소나무 숲(보은군 탄부면 임한리)까지 자전거를 타고 가야 해서 처음으로 자전거를 갖게 되었는데, 그때 고른 것은 분홍색 여성용 자전거였다. 보라색 자전거가 없었기 때문에 할 수 없이 가장 가까운 색으로 선택한 것이었다. 놀림이 다시 재연되었다.

보라색에 대한 집착은 제비꽃과 도라지꽃에 대한 집착으로 이어졌다. 지금도 가장 사랑하는 꽃이 제비꽃이다. 최근 수국을 좋아하게 되었는데 그중에서도 보라색과 진한 분홍색을 좋아한다.

보라색에 대한 애착이 조금 유연해지기는 한 것 같다. 보라색에 붉은색이 더해진 진홍색이나, 보라색에 노란색이 더해진 연보라색으로 넓어졌다. 어쩌면 집착이 옅어지거나 유연해진 것이 아니라, 보라색의 스펙트럼에서 그리 멀지 않은 색들로까지 집착이 확장된 것인지도 모르겠다. 그렇긴 해도 색에 대한 집착은 용서받을 수 있는 것이 아닐까?

알랭 바디우(1937~)는 『검은색』(2015)에서, 검은색이 '돌아온다.'고 표현한다. 알랭 바디우는 시간이 밤으로 돌아가는 것처럼 단순한 회귀만을 의미하지는 않은 것 같다. 시간이 칠흑으로 돌아가는 것처럼, 빛을 발하던 욕망과 감성도 칠흑으로 돌아가야만 다시 활동할 수 있기 때문이다.

검은색만은 아닐 것이다. 삶이 이어지는 동안 시간을 상징하는 모든 색은 돌아온다. 하루, 계절, 일 년……. 시간이 돌아오기 때문에 색이 돌아오고, 색이 돌아오기 때문에 시간이 돌아온 것을 알아챈다.

검은색의 시간이 돌아오는 것을 깊이 느낄 수 있는 때는 앨범을 보는 시간이다. 컬러로 찍은 사진에 담긴 추억이라도, 많은 시간이 흐르고 난 뒤에는 대부분의 기억 속 장면들은 탈색되어 흑백처럼 느껴진다. 지난 시절의 컬러 사진이 흑백으로 느껴지는 건 사진 속 이야기가 탈색되었기 때문이다. 이야기 속의 욕망이 탈색되었기 때문이다. 앨범에서 발견되는 검은색은 욕망의 색이 아니라, 욕망이 사라진 자리에 남은 검은색에 가깝다. 우리가 만났던 모든 시간이 그렇게 탈색된다.

하루에 한 번씩 돌아오는 검은색은 하루치의 작은 욕망을 들여다보게 하지만, 큰 궤도를 돌아서 찾아오는 검은색은 "아, 그동안 잊고 있었구나!"라는 탄식을 만들어 낸다.

그건 마치 혜성 같다. 앨범 속에서 갑자기 나타난 검은색의 추억은, 검은색의 긴 주기를 갖고 돌다가 우리 앞에 아프고 깊게 다가오는 혜성이다.

조금도 변하지 않은 혜성의 시간과 너무도 많이 변해 버린 행성이 깊은 한숨 속에 함께 마주 앉아 있는 모습은 생의 그 어떤 충돌보다도 아픈 '색의 귀환'이다.

아프기만 하지는 않을 것이다. 생의 열쇠를 발견하게 되는 창고가 과거이니까.

자연은 친절하다. 색으로 자신의 변화를 알려 준다. 녹색에서 시작하지만 다른 색으로 익어 간다. '익어 가는 것은 색을 갖는 것이다.'라는 명제가 자연에서 탄생한다.

포도는 녹색에서 보라색으로 익어 가고, 살구는 황갈색으로, 자두는 자주색으로, 참외는 노란색으로 익어 간다. 보라색이라고 해도 같은 색으로 익어 가는 것이 아니다. 포도, 오디, 블루베리는 다른 느낌의 보라색으로 익어 간다.

인간은 어떤 색의 존재일까. 인간은 색이 변하지 않는 과일이다. 인간의 비극이 그것 때문에 발생한다. 인간도 다른 과일들처럼 숙성하거나 성숙해졌을 때 색이 변한다면 좋을 텐데 그렇지 않다.

색이 변하지 않으면 알아볼 수 없다. 그래서 인간은 익지 않았으면서도 익었다고 속일 수 있는 존재가 되었다. 친절하지 않은 존재다. '익어 가는 것은 색을 갖는 것이다.'라는 말은 인간에게 해당하지 않지만, 인간에게도 적용되는 말이 되었으면 하는 꿈을 꾼다.

어쩌면 성숙의 증거를 색에서 찾을 수 있을지도 모르겠다. 과일처럼 스스로 색을 바꾸지는 않지만 다양한 생의 오브제들로 색을 갖기 때문이다.

옷이 가진 색이 사람의 색이 될 수도 있다. 하지만 모든 이에게 고르게 적용할 수는 없다. 어떤 이는 옷의 색이 그이의 색이라는 느낌을 주고, 어떤 이는 옷의 색이 그이의 색과 무관한 느낌을 준다.

옷만으로는 안 된다. 한 사람의 생의 공간에 들어 있는 모든 사물의 색에서 조금씩 덜어 내어 익어 가는 증거를 찾아내야 한다. 색만 보는 것도 안 된다.

한 사람의 공간에는 모든 색이 들어 있다. 그 색들이 이루는 조화들, 이를테면 현란함과 단아함, 두드러짐과 담백함, 진함과 연함을 따져 보아야만 생의 색이 익어 가고 있는지 아직도 풋과일의 녹색을 벗어나지 않고 있는지를 가늠해 볼 수 있다.

색을 갖지 않은 인간은 불친절하다. 가늠을 거부하니까.

에두아르도 갈레아노(1940~, 우루과이) 『불의 기억 1-탄생』(1982)에서 일곱 색깔 무지개를 본 사내가 죽은 이야기를 쓰고 있다. "그때 처음으로 사람이 죽었다."고 썼다.

태초에 사람이 죽었는데, 무지개에 놀라서 죽었다. 무지개에 놀라서 사람이 죽었다니! 죽음을 택할 수 있다면 그렇게 죽고 싶다. 무지개에 놀라서. 하지만 태초는 지나갔고 사람은 더는 무지개로는 죽지 않는다. 이제 무엇으로 죽을까? 우리를 죽게 할 수 있는 경이로운 것들이 아직 남아는 있는 세상일까?

경이驚異는 없어도 좋다. 이미 경이는 충분하다. 나는 매일 경이를 만난다. 들에서 하늘에서 경이를 만난다. 그때마다 나는 무지개를 처음으로 보고 죽고 만 태초의 사내처럼 쓰러져 죽었는지도 모른다. 그리고 새로 태어났는지도 모른다. 죽고 태어남이 너무 찰나여서, 죽은 나로 다시 태어나서, 몸과 기억마저 죽었던 것으로 다시 태어나서 아무도 모르는 일이 된 것인지도 모른다.

우린 죽었다가 다시 살아나야 한다. 그럴 수 있다는 것은, 경이를 만날 수 있는 눈을 가졌다는 것이다. 경이에 놀라서 죽을 수 있는 심장을 가졌다는 것이다.

3부

시간 이야기

Chapter 17.

이샤라트, 물결 읽는 존재

항상 수첩을 갖고 다닌다. 그때그때 떠오른 생각들을 적어 두기 위해서다. 적어 둔 것들이 많아지면 컴퓨터에 따로 저장한다. 어느 때인가 평소처럼 수첩에 적어 둔 것들을 정리하는데, 낯선 문장이 적혀 있었다.

"시를 쓰는 일은 세상을 지칭하는 단어들이 만들어 내는 격랑을 헤쳐 나가는 이샤라트Isharat가 되는 일이다. 아름답기만 해서 되는 일이 아니라 지혜를 갖는 일이 되어야 한다."라는 문장이었다. 직접 떠올린 생각이 아니라면 인용한 출처가 따로 적혀 있어야 하는데 그렇지 않았다.

2021년 12월 6일의 메모였다. 일정을 기록해 둔 메모를 찾아보았다. 동고사에 갔다가 내려오는 길에 낙수정마을 입구에 있는 카페에 갔던 날이었다. 나이 지긋한 여성분이 아르바이트를 하고 계셨는데, 처음 찾아간 손님에게 화가였던 남편이 남긴 책을 불쑥 건넨 것 때문에 기억에 남았다. 병으로 세상을 떠난 남편과 남편이 남긴 작품들을 기억하려는 마음이 애틋하게 느껴졌던 날이었다.

하지만 수첩에 적힌 내용과 카페에서 만난 애틋한 사연과의 연관성을 찾을 수 없었고 다른 단초들도 떠오르지 않았다. '이샤라트'라니? 그 단어에 대해 이런 설명이 함께 적혀 있었다. "물에 나타나는 물리적 신호를 읽게 도와주는 지식이나 능력을 갖춘 사람."

처음 듣는 단어와 의미였다. 내 수첩에, 내 필체로 적혀 있는데 전혀 기억이 나질 않았다. 이샤라트를 검색했으나 수첩에 적어 놓은 정보는 어디에서도 발견되지 않았다. 대체 어디서 보고 그걸 수첩에 적어 놓았던 걸까. 답답함은 더 커졌다.

그러던 중 아주 긴 이름 하나가 검색되었다. 아부 알리 알후사인 이븐 압달라 이븐 알하산 이븐 알알리 이븐시나(Abu Ali al-Hussain Ibn Abdallah Ibn al-Hassan Ibn al-Ali Ibn Sina, 980~1038). 세상에! 중세 기독교 신학자들과 철학자들에게 지대한 영향을 미쳤고, 인류 의학계에도 대단한 족적을 남긴 '이븐 시나'의 이름이 그토록 긴 줄은 몰랐다.

정보를 살피다 보니 그가 쓴 책 중에 『이샤라트 Isharat』가 있었다는 정보가 나타났다. 하지만 11세기에 탄생한 그 책이 물리학과 음악에 관련된 것이었다는 정보 외에는 더 자세한 내용이 없었다.

한동안 그렇게 궁금증 속에서 지내다가 우연히 전에 읽었던 트리스탄 굴리의 『산책자를 위한 자연 수업 2』를 다시 펼치게 되었고, 프롤로그에서 이샤라트가 언급된 문장을 발견했다. 마침내 출처를 찾은 것이다. 낙수정마을에 갔다가 돌아온 날 그 책을 읽었고, '이샤라트'란 존재에 대해 생각하다가 떠오른 문장을 적어 둔 것이었다. 적어 두기는 했는데 그 의미가 내게로 와서 안착하지 못하고 기억 속에서 사라진 것이다.

이샤라트가 책 제목이 된 것은, 이븐 시나가 창작한 것이 아니라 "물에 나타나는 물리적 신호를 읽게 도와주는 지식이나 능력을 갖춘 사람"이라는 의미로 당시에 이미 널리 사용되고 있었기 때문에 가능했을 것이다.

외부에서 흘러 들어왔다가 기억 속에 자리를 잡지 못하고 떠나간 것들이 '이샤라트'에 그치지 않을 것이다. 기억 속에서 사라진 것들이 낯선 문화권에서 만들어진 단어나 의미들만도 아닐 것이다. 내부에서 만들어졌음에도 외부에서 흘러 들어온 존재처럼 홀대당하다가 사라진 것들이 숱할 것이다.

사라진 것들이 가치가 없어서 사라졌다고는 볼 수 없다. 쓸모만이 시간을 만나지는 않는다. 쓸모없음도 시간과 빈번히 만난다. 우리의 삶 주변이 가치 있는 것들로만 가득 차 있지도 않다. 물론 그 쓸모는 전적으로 인간적인 기준에 따른 것일 테고.

사물이나 생각을 가치가 '있다.', '없다.'로 구분하는 것 자체가 문제가 있는 인식이다. 세상 모든 것들이 가치에 따라 존재한다는 생각은 오히려 위험하다. 그런데도 인간은 늘 자신의 삶이 가치 있기를 바라며 만나는 사물과 행동에 가치를 부여한다. 무의미에서 벗어나려는 나름의 선택이다.

삶을 꾸미기 위해서는 사물이든 생각이든 선택할 수밖에 없고, 가치 있는 것들로만 선택했다 하더라도 촘촘히 생을 채우지 못하는 것은 피할 수 없는 숙명이다. 선택한 것들이 영원히 머물지 않고 떠나 버리기 때문이다.

결국 기억의 창으로 들여다보는 생은 언제나 허술하다. 그 허술함을 눈감으면, 단단한 기억이라고 믿고 쌓아 올린 생각의 담장과 집은 기억이 떠나며 일으킨 약한 바람에 무너진다.

기억을 튼튼히 하려고 애를 쓰고는 있다. 기억 때문에 문자들이 종이의 세계에서 디지털 세계로 이사하고 있는데도 불구하고 여전히 집 안 가득 종이책을 쌓아 두고 있다. 그 책들 가운데 상당수는 다시 읽지 못할 텐데도 버리지 못하는 것은 기억하려 애쓰는 문장들이 그 안에 물성을 갖고 살아 있기 때문이고, 물성을 가진 것들을 손으로 펼쳐 보는 것이 내 기억의 방식이기 때문이다. 책의 세계에서는 여전히 기억을 능숙하게 다루지 못하는 미숙한 소년이어서, 엄마 손을 놓지 못하는 것처럼 책의 손을 놓지 못하고 있는지도 모르겠다.

책을 쌓아 놓았다고 지혜롭게 되지는 않을 것이다. "물에 나타나는 물리적 신호를 읽게 도와주는 지식이나 능력을 갖춘 사람"이라는 '이샤라트'가 되려면 지혜로운 사람이 되어야 한다. 물결은 지형이 조금만 달라져도 다른 흐름을 보인다. 아주 먼 곳에서 일어난 일이 이곳의 물결에 뒤늦게 영향을 미치기도 할 것이다. 그걸 모두 읽는 것은 힘든 일이다.

흐름은 왔다가 사라진다. 시선을 한곳에 고정하고 흐름을 바라본다는 것은 방금 찾아든 물결이 사라지고 다음 물결이 찾아드는 것을 읽는 것을 의미한다. 서로 다른 요인들이 만들어 낸, 비슷하지만 같지는 않은 매번의 흐름을 모두 읽을 줄 알아야만 이샤라트가 된다.

책에도 흐름이 있을 테니, 책에 나타나는 신호들을 읽을 줄 아는 이를 이샤라트로 부른다면 '책의 이샤라트'는 사람들이 만든 문장의 물결들이 보내는 의미의 신호들을 모두 읽어 내야 한다. 역시 쉽지 않은 일이다. 물결이 고정되어 있지 않듯이, 책 속의 물결도 늘 움직인다.

책에 열거된 지식을 읽는 것만으로는 지혜를 얻을 수 없다. 이전의 흐름과 새로운 흐름을 함께 읽고, 흐름의 변이를 읽어 내야만 지혜가 생긴다. 흐름을 읽으라는 건 유명한 사람이 쓴 책이나 유행에 따라 만들어 낸 문장의 물결을 읽으라는 게 아니다. 사람들이 문장으로 옮긴 영혼의 물결을 읽으라는 것이다. 어려운 일이다. 물결은 쉽게 보이는 것이 아니다.

세상에 나가 보면 물결이 느껴지지만, 대부분은 깊이를 갖고 흐르는 물결이 아니라 떠도는 물결이다. 떠도는 물결을 살펴보면 떠나는 영혼들이 들어 있다. 물결 속의 몸들은 이전의 몸들보다 더 커지고 단단해진 모습인데 영혼들은 야위고 야위어 떠나고 있다. 몸보다 먼저 떠나는 영혼들이라니…….

갈대의 영혼도, 튤립나무의 영혼도, 이끼의 영혼도 자라다가 멈춘다. 숨을 쉬다가 멈추고 떠난다. 갈대 같은 이의 영혼도, 튤립나무 같은 이의 영혼도, 이끼 같은 이의 영혼도 떠난다. 떠난 자리에 뭔가 돌아온다. 그렇게 물결이 만들어진다. 그 물결을 읽어야 한다.

물결을 읽는 것은 떠도는 것을 읽는 것이 아니다. 물결은 언제나 현재적이다. 누군가 시냇물 앞에 섰을 때 그의 눈에 들어오는 모든 물결은 현재의 물결이다. 책 속의 물결도 그런 물결이어야 한다. 세상의 것들이 책 속으로 들어가 만든 물결이라면, 그 물결은 현재에 영향을 미칠 테니까.

이샤라트, 이샤라트, 물결 읽는 존재. 한 번 더 나직이 불러본다.

이샤라트, 물결 읽는 존재.

Chapter 18.

시간의 발자국

〈마루 밑 아리에티〉(2010)란 애니메이션이 두 아이가 초등생 시절 몹시 좋아했던 메리 노튼(1903~1992)의 소설 『마루 밑 바로우어즈The Borrowers』(1952년)를 영화화한 작품이라는 걸 나중에 알게 되었다.

〈마루 밑 아리에티〉란 애니는 아이들만 좋아했던 작품이 아니다. 고백하자면 나도 그 영화를 좋아했고 지금도 그렇다고 할 수밖에 없다. 아리에티 같은 작은 사람들과 그들이 사는 세계의 존재를 믿고 싶기 때문이다.

아이들을 위한 글을 쓸 때, 작은 세계와 작은 사람들이 먼저 떠오른다. 아리에티와 엄지 공주가 사는 작은 세계는 정말 없을까? 우리가 사는 세계 말고 한스 크리스티안 안데르센(1805~1875)의 엄지 소녀나 10cm 소녀 아리에티가 편하게 살아갈 수 있는 작은 세계가 어느 곳엔가 존재해야 한다고 믿는다.

존재하지 않는 상상의 세계라고 단정하는 믿음을 만나면 슬프다. 보고 읽은 것이 세계의 전부가 될 수 없다. 정말로 그 모습과 크기로 존재할 것이다. 그걸 믿는다. 그리고 그들을 만나고, 그들의 세계를 지키는 증인이 되었으면 좋겠다.

어쩌면 이미 우리 곁에 작은 세계가 우리가 모르는 모습으로 존재하고 있을지도 모른다. 그리고 우리 눈에 보이는 사물들이 실은 우리 세계에 속한 것이 아니라 여러 개의 다른 세계에 속한 것인데, 단지 눈에 보이는 것일 뿐일 수도 있다. 그렇다면 사물들마다 큰 세계든 작은 세계든 속한 세계가 따로 있을 것이다. 어디에 속했는지 우린 알지 못한다.

작은 세계의 사물은 눈에 보이지 않아서, 우리의 생과 연결되는 의미를 찾아내기 쉽지 않다. 눈에 잘 띄지 않을 정도로 작은 것이라 해도 집 안에 있는 것이라면 삶과 연결된 기억을 품고 있을 것이 분명하다.

작은 사물들이 품고 있는 기억을 아주 작은 의미의 것으로 생각했을 수도 있다. 눈에 띄는 큰 것들을 없애 버리면, 어느 날의 강렬하게 멀어진 발걸음 소리와 기억이 담긴 증거물이 더는 곁에 남아 있지 않은 것이라고 믿었을 수도 있다.

그렇게 믿고 살다가, 어느 날 서랍 속에서 심상치 않은 작은 증인이 발견되면 갑자기 깨닫게 된다. 운명이 방향을 튼 때를 기억하는 증거물이 실은 큰 것이 아니라 그토록 작은 것이었다는 것을. 그 작은 증거물이 무심함을 한 겹 한 겹 덧입으며 서랍 속에서 오랫동안 잠들어 있었다는 것을.

서랍 앞에 다소곳이 앉아서 하나둘 사소한 것들을 꺼내 놓는다. 그 사소한 것들을 바닥에 내려놓을 때마다 세상에서 가장 무거운 '쿵' 소리가 들려온다.

어느 날인가 한옥마을과 남부시장을 거쳐 서학예술마을 건너편의 완산동 어느 골목으로 들어갔다. 찾아가 보고 싶은 집이 있어서 기억해 두었던 번지수를 찾아냈으나 골목은 막혀 있었고 폐가가 덩그러니 자리하고 있었다. 살던 사람들이 다른 세계로 떠났을 때 집이 갖고 있던 공간성도 함께 망각 속으로 떠난 것처럼 느껴졌다.

오르한 파묵(1952~)은 『다른 색들』(2006)에서 파괴가 도시의 망각을 불러온다고 썼다. 인간이 거주했던 공간에는 어쩔 수 없이 망각이 깃들 수밖에 없다. 망각의 넓이와 깊이에서, 도시가 다른 공간들에서 발견되는 망각을 훨씬 뛰어넘을 뿐이다.

시골에서는 망각이 느리게 찾아온다. 몇 년 전 고향 관기의 옛집을 찾았을 때, 초등학교 5, 6학년 시절을 보낸 집의 초록색 대문이 대부분은 녹슬고 귀퉁이 부분은 삭아 없어지기까지 했지만, 여전히 자리를 지키고 있는 것을 발견했다. 도시였다면 이미 사라지고 말았을 집과 대문이었다.

도시에서는 망각이 새로운 기억으로 나타나지만, 모습은 유사하다. 아파트들, 사각의 회색 건물들……. 도시는 왜 파괴 이후에 다양해지지 못하고 단순해지는 것일까. 욕망이 마구 분출하면 이전보다 더 다양해져야 할 텐데, 왜 일란성이나 이란성 쌍둥이 같은 단순한 모습이 되는 걸까.

한때는 인간이 공간에 순응했다. 이제는 공간이 인간의 욕망에 순응한다. 결국 욕망이 문제다. 인간의 욕망은 환경의 다양성과는 비교할 수 없이 단순하다. 인간의 욕망을 흐르는 대로 두면 공간은 단순해진다.

다른 어느 날인가는 완산동에서 전주천을 건너, 전라감영길 인근 골목을 돌았다. 어느 순간 눈앞에 삼색 둥근 간판이 빙글빙글 돌고 있는 낡은 이발소가 보였다. 이름이 〈현대이용원〉이었다. 한때는 분명 현대적이었겠지만, 이름은 달라지지 않고 주변이 달라지며 현대적이지 않은 상징이 되고 말았다. 그런 생각을 하며 이발소를 바라보고 있는데, 이발소에서 어떤 목소리가 흘러나왔다.

"오래전 누군가가 작은 길을 모아 두었지. 큰길은 하나도 없었어. 너무 작은 길이어서, 사람들은 길인 줄도 몰랐어. 우연히 그가 만든 길로 들어선 이들은 길을 잃고 헤매다가 만난 별것 아닌 길이라고 생각했어. 작은 마을에 사는 몇몇 사람들이나 외진 곳에 사는 누군가가 다닌 흔적이라고만 생각하고 그 작은 길을 서둘러 벗어나 자신이 온 큰길로 가려고 했지.

작은 길도 큰길로 이어져 있어. 다만 두 길이 닿는 지점의 10미터쯤은 숲으로 가려져 있어. 작은 길에서 큰길로 나가려는 사람에게는 한 번 더 생각해 보라는 공간이고, 큰길에서 작은 길로 들어서려는 사람에게는 함부로 들어서지 말라는 경고의 공간일 수도 있겠지.

길을 오래 걷는 사람들은 길에 대한 화법이 생겨. 발자국이 말을 하게 만들지. 작은 길을 모아 두었던 사람이 대단했던 건 큰길만 다니는 이들은 분간하지도 못하는 작은 길들의 미세한 화법을 깨닫고 있었기 때문이야.

길들이 다른 것은 화법이 다른 것임을 알았고, 길들마다에서 다른 이야기를 들을 줄 아는 사람이었지. 큰길 사람들에게는 작은 길들의 이야기가 모두 같은 이야기로 들렸겠지만 말이야.

길이 사람을 낳아. 사람이 길을 낳는 게 아니야. 다만, 이런 일이 생길 수는 있지. 누군가 길에 남겨 둔 흔적이 이후에 태어난 사람들에게 이정표가 되는 일 같은 것 말이야."

이야기는 그렇게 끝났다. 다른 이야기가 들려오려나 싶어 한참 동안 이발소 앞에 서 있었지만 들려오지 않았다. 다음에는 비가 오는 날 〈현대이용원〉에 가 봐야겠다. 누군가 비 내리는 길의 이야기를 들려줄지도 모르니까.

먼 옛날의 전설 같은 이야기는 하지 않으려고요. 오늘은 그냥 시간 이야기를 하려고요. 이틀 전, 시간이 그렇게 말했거든요. "내일부터 나를 못 보게 되더라도 절대 나를 잊으면 안 돼요."라고 말이에요.

오해했다는 걸 깨달았어요. 이름을 갖지 않은 시간의 요정들이 때마다 지나갔는데, 모든 요정과 이야기를 나누지는 않았다는 걸 깨달았지요. 누군가 시간의 요정과 손을 잡고 찾아올 때만 기억의 자리를 허락했던 거지요. 너무 몰인정했던 거지요.

시간을 긴 망토의 자락이라고 생각했던 거지요. 언제든 자락의 한끝을 잡으면 긴 자락 속으로 감겨 들어가리라고 생각했던 거지요. 참 바보처럼……. 마음에 찾아들었다가 떠난 것들이 따로따로 둥지를 만들거나 돌탑을 쌓아 두고 갔다는 걸 생각하지 못했던 거지요.

오늘은 기억의 창고에 들어가 먼지를 털었어요. 알아요. 먼지라고 생각한 것들은 모두 기억의 부스러기들이죠. 너무 홀대당해 몸을 잃고 비늘만 남은 어느 사건이지요. 시간의 망토에 벼락이 내려쳐 몸이 살아나는 때도 있지만, 그건 그 일대로 일어나게 두고 오늘은 기억의 창고를 좀 털어야겠어요.

아, 저기 구름 지나가네요. 기억의 비늘 같네요.

이제 시간에게 인사를 나누기로 하지요. "내일부터 나를 못 보게 되더라도 절대 나를 잊으면 안 돼요." 이렇게 인사를 나누게 되면, 시간도 우리도 서로에게 언제나 절절한 존재가 되겠지요.

Chapter 19.

어스름의 사랑

큰애는 가끔 상자를 열어 모아 둔 사진을 뒤적이곤 한다. 아날로그에서 디지털로 바뀌며 마지막으로 사진을 인화한 것도 오래전의 일이다. 인화된 사진으로는, 큰애의 초등학생 시절 모습이 가장 최근의 것이다. 이후의 사진은 파일로 저장되었다.

사진을 들여다보면 빛이 함께 존재한다. 빛이 없다면 사진 속 모습은 존재할 수 없다. 빛은 존재의 중요한 근거다. 빛은 사진들마다 다른 방식으로 사람과 사물을 존재하게 하고, 빛 스스로도 다른 모습으로 존재한다. 눈 시린 밝은 빛도 있고, 편안하게 눈뜰 수 있는 아침의 빛도 있고, 얼굴이 제대로 드러나지 않는 어스름의 빛도 있다.

문득 이상한 생각이 들었다. 혹시 서로 다른 빛 속에는 서로 다른 존재가 들어 있는 것은 아닐까 하는. 그럴지도 모른다. 백야白夜가 존재하는 피오르드 가까이에 살지 않았다면 욘 포

세(1959~)가 『3부작』(2014)을 비롯한 가슴 아린 소설들을 쓸 수 있었을까? 그의 소설들은 다른 곳에서는 만날 수 없는 '노르웨이의 빛'이 만든 것인지도 모른다. 그렇다면 사람은 어스름의 때에 환한 대낮과는 다른 존재를 따로 갖고 있을지 모른다. 세계도 어스름 때에 따로 세계를 갖고 있을지 모르고.

색을 가진 세계가 존재하지만, 검은색의 사람, 붉은색의 사람, 자주색의 사람이 존재하지는 않는다. 시간이 색을 갖는 것도 분명하지만, 색을 분간할 수 없는 시간들이 더 큰 자리를 차지하고 있다. 어느 날, 어느 자리, 어느 색이 더 두드러지게 드러날 뿐이다. 색이 두드러지지 않는 시간에는 인간이 품은 물리적, 감성적 색 모두 어스름 속에 머물러 있다.

사람은 황금빛보다는 어스름에 가깝다. 황금빛 시간은 짧다. 황금빛 시간이 있었다는 것을 눈치채지 못하고 지나기도 한다. 어스름이 다가오고서야 '아, 그때가 황금빛의 시간이었구나.' 하고 탄식하며 깨닫는다. 탄식은 뒤늦음의 노래다.

저녁에 찾아오는 어스름과 새벽에 찾아오는 여명은 너무나 닮아서 착각을 일으킨다. 깊은 칠흑 때문에 시간의 그림자를 겨우 더듬고 나서야 여명이 아니라 어스름의 때를 지나왔음을 알고 한탄할 수도 있다.

미명微明이 어스름과 다른 태생이라고 말하겠지만, 미명이 찾아올 때까지 기다려 보면 알게 된다. 미명이 어스름의 또 다른 이름이라는 것을. 영화 〈레이디 호크Lady hawke〉(1986)에서 매와 늑대의 시간이 안타깝게 나누던 교차의 두 얼굴이라는 것을, 시간에 허물어진 어두운 폐가의 앞문과 뒷문처럼 차이가 없어진 통로라는 것을 알게 된다.

어스름이 다가오면, 세상의 색에 맞추느라 뒤뚱거렸던 몸과 마음이 불편함을 벗어나 다시 편안해진다. 곧 어두워지고 발걸음이 조심스러워지는데도 편안해지는 것은 집이나 근원에 가까워지기 때문이다. 어둠이 편안함의 근원인 것은 우리가 어스름에서 태어난 존재이기 때문이다.

어스름을 떠올리면 멜랑콜리가 함께 떠오른다. 어느 장소나 시간을 기억할 때 가장 깊은 각인은 멜랑콜리에서 온다. 사람들이 가장 사랑하는 감성의 이름이 멜랑콜리인 것은 공간과 시간을 특별한 감성의 대상으로 만들기 때문이다.

사람들이 잔뜩 모인 곳에서 왁자하게 시간을 보내고 온 뒤에 허탈해지는 것은 그 자리에 멜랑콜리가 없었기 때문이다. 뒤늦게 돌아와 멜랑콜리에 빠지는 것은 그 자리에 없었던 것을 채우기 위해서다.

그런다고 지난 시간과 공간의 몫까지 채워지지는 않는다. 멜랑콜리가 없었던 자리는 그냥 없는 자리일 뿐이다. 나중에 채워 넣을 수 있는 것이 아니다.

멜랑콜리는 추억의 가장 습한 물기다. 그것이 빠지면 추억은 사막에서 주워 든 나무토막이다. 그 나무토막에는 물기가 없다. 다시 땅에 꽂아 놓아도 자라지 않는다. 멜랑콜리는 추억을 오래도록 숨을 쉬게 한다. 추억을 손으로 쓰다듬을 때 느리고 잔잔한 맥박이 느껴지는 것은 멜랑콜리가 숨을 쉬고 있기 때문이다.

멜랑콜리가 없는 공간은 오랜 시간이 흘러도 다시 찾아가지 않는다. 홀로 찾아가서 그곳에 들어서기 전에 잠시 멈추어 지긋이 바라보게 하는 것, 안에 들어서서 잠시 숨을 멈추게 하는 것, 긴 한숨과 함께 눈자위를 시리게 만드는 것, 떠나려다가 어쩌면 다시는 찾지 못할지도 모른다는 생각에 눈자위를 더 시리게 만드는 것, 그것이 멜랑콜리다.

멜랑콜리는 우울증으로 가는 다리가 아니다. 다리에 서서 비에 젖은 사물들을 바라보고 있는 눈동자다. 발걸음을 떼지 못하는 눈동자다. 자꾸 뒤를 돌아보는 눈동자다.

멜랑콜리는 특별한 공간에서 탄생하지 않는다. 멜랑콜리는 모든 공간에서 탄생한다. 모든 곳에 풀들이 자라듯이. 하지만 풀들이 다르듯이 각각의 공간에서 태어난 멜랑콜리는 모두 다르다.

하나의 공간은, 다른 공간에서 태어난 멜랑콜리들과 닮은 얼굴을 가진 멜랑콜리와 전혀 닮지 않은 얼굴을 가진 멜랑콜리를 함께 갖고 있다. 쌍둥이이기도 하고, 도플갱어이기도 하고, 야누스이기도 하고, 거울이기도 하다.

멜랑콜리는 특별한 시간에서 탄생하지 않는다. 멜랑콜리는 모든 시간에서 탄생한다. 시간은 멜랑콜리가 아니고서는 추억의 대상이 되지 못한다. 과거와 옛날이 다른 것처럼, 추억과 기억도 다르다. 멜랑콜리는 기억보다는 추억과 혈연관계를 맺는다.

우리가 지나간 시간의 멜랑콜리에 젖어 옛날로 걸어 들어갈 때, 그 시간은 역사 속에 존재하는 측정의 시간이 아니다. 멜랑콜리는 측정할 수 없는 시간 속에 산다. 오로지 한 사람과 내밀한 계약을 맺고 탄생하기 때문이다.

멜랑콜리는 병증에서 탄생한다. 멜랑콜리는 과도한 건강에서는 탄생하지 않는다. 멜랑콜리는 살이라고는 없는 빈약한 저체중, 창백한 얼굴을 가진 폐결핵, 겨우 걸음을 옮기는 빈혈이 만들어 내는 감성의 병증을 갖고 있다. 과도한 살, 높은 산을 가볍게 오르는 심장, 힘차게 달리는 대퇴근에서 탄생하지 않는다.

멜랑콜리는 문법의 언어에서 탄생하지 않고 비문법의 언어에서 탄생한다. 멜랑콜리는 이성이 아니고 감성이다. 합리가 아니고 비합리다. 멜랑콜리의 언어는 언어학자도 해독하지 못한다. 멜랑콜리의 언어는 주저하는 소리이며, 비탄의 소리다.

흘러나오려다 만 울음이며, 겨우 눈시울을 적시고 만 눈물의 소리다. 그러므로 멜랑콜리의 언어는 군데군데 사라져 버린 헐벗은 몸의 언어이며, 정상에서 벗어난 박동을 가진 심장의 언어다.

꿈을 꾸었다. 한 세계의 일이었다. 깨어난 후에, 꿈이라고 생각하고 한 세계를 닫았다. 무관한 세계라고 생각하고, 무심하게 다른 세계를 돌아다녔다. 잠이 들면, 닫는다는 생각 없이 한 세계를 닫고 한 세계를 열었다.

눈 뜬 세계에 배달된 선물들은 모두 눈물이었다. 차곡차곡 쌓은 나날들은 모두 눈물의 벽돌이었다. 벽돌을 단단하게 쌓아 흐르게 하려는 것이 눈물의 개울은 아니었다. 물냉이들이 물가에 푸르게 자라는 모습을 보았다면 그런 말 하지 못한다.

버들치들이 물냉이 뿌리를 어루만지는 걸 보았다. 눈물이 자라게 한 것은 생의 잔물결이었다. 버들치들이 물결을 한 번 흔들어 줄 때 이야기들이 선잠 깨는 걸 보았다. 깨어난 이야기를 흰뺨검둥오리들이 날개에 실어 세계에 뿌려 주었다.

어둠이 곧 오겠다. 저무는 시간에 깨어나는 세계가 있다. 버들치들은 오종종 물냉이 뿌리 곁에서 잠이 들겠다. 세계의 눈물이 꿈속으로 흐르겠다. 꿈속 새들이 꿈속 눈물의 개울에서 이야기를 건져 나르겠다. 그런 일들이 멜랑콜리를 만든다.

두 세계를 함께 사랑하는 일이 남았다. 멜랑콜리가 넘치는 세계와 멜랑콜리가 말라 버린 세계. 두 세계를 함께 사랑하지 않으면 우리는 꿈과 현실 사이를 오가지 못하고 갈증으로 죽고 만다.

Chapter 20.

어두운 밤의 사람

도수가 조금 더 높은 것으로 안경을 바꾸었는데도 책을 보는 일이 편하지 않다. 책을 보는 일에 뭔가 대가를 치르고 있다는 느낌을 받은 적은 없었는데, 은밀하게 시력을 대가로 챙겨 가고 있었던 모양이다. 대가를 치르느라, 책을 읽을수록 어두운 세계 속으로 끌려 들어가는 게 아닌지 걱정스럽다.

스페인 희곡의 거장 안토니오 부에로 바예호(1916~2000)가 남긴 "우리 모두는 장님들과 같은 어둠 속에 있고, 그래서 우리는 우리들 어둠의 장님들이다."라는 글은 눈과 어둠의 관계에 대한 의미심장한 사유를 선물한다.

플라톤(BC 427~ BC 347)이 눈으로 느끼는 세계 너머에 세계의 원형인 이데아가 존재한다는 것으로 철학의 중심 개념을 삼으며 눈에 보이는 것에 대한 의심을 탄생시켰지만 정작 그리스인들은 눈을 믿었다. 소포클레스(BC 496~ BC 406)가

『안티고네』 속 오이디푸스로 하여금 눈으로 보고 믿은 것이 진실이 아니었음을 깨닫고 자신의 눈을 찌르게 했는데도 그리스인들은 여전히 눈을 믿었다.

그리스와 로마의 조각품들이 정교한 비례를 이루고 있었던 것도 눈에 보이는 조화를 아름다움의 중요한 원칙으로 인식했기 때문이다.

과일로 인간을 형상화한 주세페 아르침볼도(1527~1593)의 그림이나 비대한 살집을 가진 인물들이 가득한 페르난도 보테로(1932~2023)의 그림을 고대 그리스인들이 보았다면, 아름다움을 보는 눈의 세계를 모독했다고 화를 냈을 것이다.

문명과 문화의 모습이 바뀌고, 다양한 회화적 시도들과 문학적 시도들이 아름다움의 기준을 바꾸고 지평을 넓혔지만 우리는 여전히 눈으로 어둠을 만들고 그 어둠 속에 스스로를 유폐시킨 뒤에 어둠 속에 안주하려 한다.

눈을 유혹하는 무수한 이미지들이 범람하는 시대가 되었지만, 눈은 자유로워지기는커녕 더 어두운 세계로 끌려 들어가고 있는 것 같다. 이미지들이 환하게 빛나고 있으면 밝아야 하는데, 이상하게도 눈의 세계는 점점 더 어두워지는 것 같다. 이미지들이 길을 알려 주는 것이 아니라 길을 가리고 있는 것인지도 모른다.

현대인들은 이미지가 만든 어둠 속에서 편안해한다. 어둠에 편안해지고 나면 어둠과 밝음을 나눈 경계를 더는 확인하려 하지 않는다. 어둠과 밝음을 나눈 벽에 난 창을 활짝 열고 밖을 내다보려고 하지 않고, 벽이 더 얇아지지는 않았을까, 허물어지지는 않을까 전전긍긍하고 있다.

벽을 허물어뜨려야만 장님의 처지에서 벗어날 수 있지만, 그때까지는 장님을 인도하는 사람이 필요하다. 벽을 두드려 소통할 수도 있다. 모르스 부호를 이용하거나 벽 너머의 사람들과 함께 대화를 위한 암호를 만들어 낼 수도 있지만 여전히 장님으로 남는 일이다.

눈을 떠야 어둠이 사라진다. 벽 안에서도 눈을 뜰 수 있다고 말하는 사람들이 있다. 그건 거짓말이다. 벽이 아무리 투명해도 눈동자를 가리는 거대한 눈꺼풀이라는 사실은 변하지 않는다.

환한 세상이 암흑처럼 느껴질 때는 하인리히 하이네(1797~1856, 독일 시인, 평론가)의 "암흑시대에 종교는 사람들에게 최고의 안내자다. 칠흑같이 어두운 밤에는 눈먼 사람이 최고의 안내자인 것처럼. 그는 주변 지리를 앞이 보이는 사람보다 더 잘 알고 있다. 하지만 낮이 왔을 때 눈먼 노인을 안내인으로 삼는 것은 어리석은 짓이다."라는 글이 떠오른다.

현재의 시대가 낮인지, 칠흑 같은 어두운 밤의 와중인지 늘 궁금하다. 낮이라는 확신도 칠흑의 어둠이라는 확신도 없다. 낮도 밤도 아닌 시간에 서 있는 것으로 느껴진다. 그럼 어느 쪽일까? 여명의 시간일까, 낙조의 시간일까?

전에 어느 분에게서 일출 사진을 받았다. 그런데 어느 순간 일출과 일몰의 순간을 구분할 수 없음을 깨달았다. 액자를 내리고 말았다. 우리가 머물러 있는 시간이 그런 시간일지도 모른다. 그렇다면 누구에게 손을 내밀어야 할까? 맹인에게? 신을 이야기하는 사람에게? 아니면 절대로 눈멀지 않은 이데올로기를 가졌다는 사람에게?

의문에 싸여 있을 때는 사방에서 손들이 다가온다. 저마다 자신들의 손을 잡으라고 말한다. 누구의 손을 잡든 잠시 낮을 느끼거나 밤을 느끼는 정도일 것이다. 그렇지 않으면 어정쩡한 중간 지점에 남아 있을 테고.

그냥 중간 지점에 남아 있는 것도 나쁘지 않다. 세상이 어두워졌다가 밝아지는 일이 반복되는 것을 지켜보는 것도 좋다. 반복하며 세상은 언제나 그 자리에 있을 테니까.

손을 잡지 않을 수도 있다. 누군가의 손을 잡는 것이 아니라 스스로 지혜로운 사람이 돼서 자기 손을 잡을 수도 있다.

"어둠이 내리면 눈은 비로소 보기 시작한다." 시인 시어도어 뢰트키(1908-1963, 미국)의 말이다. 역설적이다. 눈을 바라보는 서양 문명의 시각은 어땠을까? 그리스인들이 생각하는 '눈'은 앎의 원천이었다. 그리스어에서 '안다'는 의미의 'Oida'는,

'본다'는 의미의 'Eidon'과 깊은 관계가 있다.

플라톤과 오이디푸스에게는 눈에 보이는 세계가 믿을 것이 못 되었지만 평범한 그리스인들의 생각에는 눈에 보이는 것이 앎의 중요한 근거였던 것처럼, 동양의 관점에도 눈에 대한 신뢰는 존재한다. "百聞이 不如一見"이라는 말만으로도 가장 신뢰할 만한 감각이 눈이라는 믿음을 확인할 수 있다.

하지만 눈은 믿을 수 있는 감각이 아니다. 심리학책에 자주 등장하는 〈보이지 않는 고릴라〉 실험이 있다. 농구장에 고릴라를 등장시켰는데, 경기에 집중한 사람일수록 고릴라를 인식하지 못했다는 결과를 도출한 유명한 실험이다.

시어도어 뢰트키는 물리적 시야가 가려진 세계에 대해 말하려던 게 아니었다. 그럼, 사회적 시선을 말하려던 것일까? 인간이 사회적 동물이라고 할 때의 '사회적'이라는 의미에는 한 인간의 정신적 형성에 사회성이 중대하게 작용한다는 의미가 들어 있다.

사회적 인식은 특정한 이념을 갖고 있을수록 특정한 방향을 향한다. 그 때문에 편향적이 된다. 눈으로 본 사실에 대해 묘사하기 시작할 때, 그것은 인식의 구술인 동시에 믿을 수 없는 감각인 시각에 의존해 만들어 낸 편향의 시연이 된다.

시어도어 뢰트키는 우리에게 멋진 질문을 주었다. 어둠 속에서도 보아야 하고, 어둠 속에서 비로소 보기 시작한 것이 어떤 세계인지에 대해 묻기를 바랐을 것이다. 질문하는 눈을 갖고 있다면 그걸 보게 될 것이다. 말로는 표현할 수 없더라도.

잠을 자다가 깨어났다. 잠을 자는 일은 정지된 일이 아니었다. 잠의 세계에서 걷고, 뛰고, 사랑하고, 불안해했다. 잠들기 전의 세계를 지배하던 물리物理는 아니었으나 물리가 있었다.

시간, 공간, 집들이 있었고, 사람들이 있었다. 집은 갑자기 지어졌고, 사람들도 갑자기 나타났다. 10년 전의 사람, 20년 전의 사람이 갑자기 나타났다. 그곳에서도 말이 있었고, 말은 그곳 세계의 법칙대로 이루어지거나 지칭했다.

꿈은 또 하나의 세계다. 잠을 자다가 깬 것이 아니라, 그 세계에 있다가 이 세계로 건너온 것이다. 두 세계를 같은 무게로 인정하면 벅차다. 그래서 하나를 부인하려 들지만 꿈의 세계도 엄연히 존재한다.

영화 같은 이 세계에서, 그 세계의 흔적인 사진 같은 장면이 따로 서 있는 것을 본다. 잠시라도 상상에 빠지면 눈감고 갔던 그 세계로 건너간다.

세계를 여러 개 갖는 사람들은 불행해진다. 이 세계의 물리物理가 그걸 허용하지 않기 때문이다. 불행해지는 것은 여러 세계의 물리 중 이 세계의 물리가 가장 강하기 때문이다. 이 세계의 물리는 밥을 먹어야 지속되기 때문에 강하다.

잠을 자다가 깨어나 어둠 속에서 빵을 먹는다. 꿈속 세계에서 너무 바빠 빵을 먹지 못했지만, 이곳에서는 빵을 먹어야 한다.

Chapter 21.

물려받은 시간

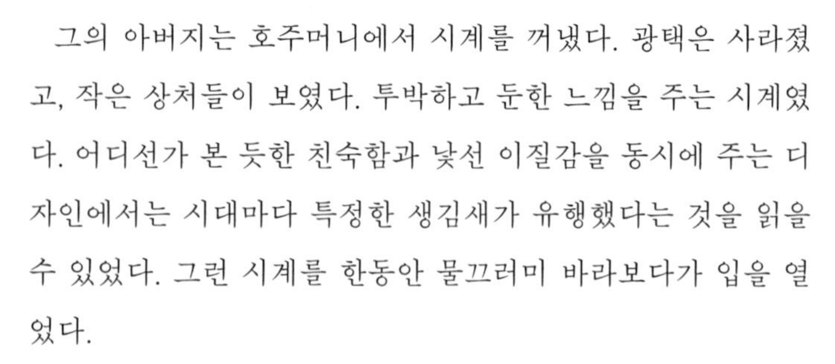

그의 아버지는 호주머니에서 시계를 꺼냈다. 광택은 사라졌고, 작은 상처들이 보였다. 투박하고 둔한 느낌을 주는 시계였다. 어디선가 본 듯한 친숙함과 낯선 이질감을 동시에 주는 디자인에서는 시대마다 특정한 생김새가 유행했다는 것을 읽을 수 있었다. 그런 시계를 한동안 물끄러미 바라보다가 입을 열었다.

"시간을 네게 물려주마."

시계가 아니라 시간을 물려준다고? 잘못 들은 것이 아닌가 싶었으나 아버지의 얼굴에는 단어를 잘못 골랐다는 기색이 보이지 않았다. 그는 왜 시간이냐고 묻지 않았다. 그럴 자리가 아니라고 생각했다.

초침과 분침, 시침이 제 움직임대로 돌았고 시간은 흘러갔다. 어느 때부터인가 초침과 분침, 시침이 느려지더니 시계가 멈추었다. 태엽을 감는 시계였는데 태엽이 고장 난 것 같았다. 전자시계가 흔해진 시절이어서 시계방에 가려는 생각은 하지 않았고 그렇게 세월이 흘렀다.

얼마 전 서랍을 뒤지다가 시계를 발견했을 때, "시간을 네게 물려주마."라고 아버지가 하셨던 말이 떠올랐다. 시간은 물려줄 수 있는 것이 아니라고 생각했는데, 낡은 시계를 보는 순간 시간을 물려받고 살아왔다는 것을 깨달았다.

윌리엄 포크너(1897~1962, 미국)의 소설 『소리와 분노』(1929)에는 시계를 물려주는 장면이 나온다. 아버지가 할아버지의 것이었던 시계를 물려주면서 '희망과 욕망의 능묘陵墓'를 준다고, '인간의 모든 경험이 결국 부조리'임을 알게 될 것이라고 말한다. 시계를 물려주는 장면을 읽고, 아주 짧은 이야기를 하나 써 보았다.

그런데, 능묘陵墓라니! 생의 온갖 부질없는 것들도 찬란하게 명성을 날렸던 것들처럼 어딘가 묻힐 수밖에 없다. 그 무덤이 시계라니. 이전의 무덤들과 하나 다르지 않은 무덤을 만들게 될 거라니.

삶을 높은 성처럼 세우려는 욕망은 번듯한 능묘를 만들어 그 안에 묻히겠지만, 사소한 마음들은 아주 작은 사물이나 다른 이의 마음이 '곡진한 능묘'가 된다.

누군가가 마음을 담아 뭔가를 이야기했다면, 그는 자신의 마음이 잊히지 않기를 바란 것이다. 헤어지자마자 그 곡진한 마음을 귓가에서 털어 낸다면 그와 만난 시간은 능묘에조차 들어가지 못할 것이다. 누군가의 앞에 건성으로 앉아 있다면, 그 사람의 마음이 묻힐 시간의 무덤 앞에서 건성으로 조문하고 조사를 낭독하는 것이다.

누군가 건네준 골동품 같은 시간과 사물을 소중히 하면 좋겠다. 골동품 거리에 있는 물건들은 저마다 자신의 시간을 품고 있고, 골동품을 고르는 것은 시간을 고르는 일이다. 다른 이의 마음을 그렇게 바라봐 주면 좋겠다.

사물마다 특정의 감정을 일으킬 수는 있지만, 하나의 사물이 하나의 감정만 일으키지는 않는다. 여러 감정을 일으키는 존재가 한둘은 아니겠지만 내게는 괘종시계가 여러 감정을 일으키는 특별한 존재였다.

괘종시계와 묶인 최초의 감정은 공포였다. 어린 시절 사촌 누이들은 내가 집으로 돌아갈 시간이 다가오면 귀신 이야기를 꺼냈다. 하지 말라고 사정해도 듣지 않았다.

고모네 괘종시계는 어둠을 더듬으며 집으로 돌아가야 하는 공포와 맞닥뜨려야 하는 시간을 알렸다. 댕~댕~ 울리는 소리는 왜 그렇게 천천히, 세상을 흔들어 놓을 듯 무겁게 들렸을까. 귀신 이야기를 자주 들으면 공포가 조금씩 작아졌을 법도 한데 그런 법칙이 내게는 효과가 없었다. 작아지기는커녕 때로는 더 크게 자라는 것 같았다.

귀신을 부르는 신호기로만 느꼈던 괘종시계에 대해 다른 감정을 품게 된 것은 헨리 클레이 워크(Henry Clay Work, 1832~1884)가 1876년 발표한「Grandfather's Clock」를 들었을 때였다. 슬픈 선율 때문이기도 했지만, 가사 때문이기도 했다.

"길고 커다란 마루 위 시계는 우리 할아버지 시계. 90년 전에 할아버지 태어나던 날 아침에 받은 시계란다. 언제나 정답게 흔들어 주던 시계. 할아버지의 옛날 시계. 이젠 더 가질 않네. 가지를 않네.

할아버지의 커다란 시계는 무엇이든지 알고 있지. 예쁜 새색시가 들어오던 그날도 정답게 울리던 그 시계. 우리 할아버지 돌아가신 그날 밤 종소리 울리며 그쳤네. 이젠 더 가질 않네. 가지를 않네. 이젠 더 가질 않네. 가지를 않네."

첫 감정은 기어코 찾아오는 공포였지만, 멈춰 버린 괘종시계가 준 두 번째 감정은 선명하게 설명할 수 없다. 막연한 슬픔 같은 것이었다. 이해의 너머에 걸쳐 있는 듯한 느낌의 슬픔…….

하나의 사물에 대해 여러 감정을 갖게 되는 것은 괘종시계만이 아니다. 모든 사물과 사람에 대해 하나 이상의 감정이 생긴다. 자주 대하면 대할수록, 살면 살수록 감정은 여러 가지로 나뉘고, 나뉜 감정들조차 하나의 색에 머물지 않고 끊임없이 색을 바꾼다.

시간은 사물이 아니지만, 시간과 사물이 맺는 관계에 따라 특정 시간은 물성의 기억을 갖게 되고, 사물은 추억을 갖게 된다. 그렇게 관계를 맺은 시간과 사물은 특별해진다.

고장이 나서 버리고 말았던 뻐꾸기시계의 시간도, 이상한 소리를 내는 앵무새 자명종의 시간도 그랬다. 지금도 그 시계들의 시간이 그립다. 귀신을 부르던 괘종시계의 울림까지도.

나는 기이한 시간을 물려받았다. 하지만 불량한 상속자가 되고 말았다. 물려받은 시간을 지키고 있다고 말하기는 했으나 모두 망가뜨리고 말았다. 지키고 싶지 않은 시간이라고 생각했는지도 모른다. 결국은 모두 탕진하고 아이들에게는 형편없는 시간을 물려주고 말 것이다.

물려받은 시간은 어둡고 참혹한 시간이었다. 그런데 함께 딸려온 시간이 있었다. 낙엽 떨어지는 시간, 눈송이 떨어지는 시간, 꽃잎 떨어지는 시간, 꿀벌이 꽃잎에서 날아오르는 시간, 버들치가 물결 사이로 비집고 올라가는 시간, 붉은머리오목눈이 무리가 우르르 나뭇가지 사이로 몰려가는 시간, 딱따구리가 나무를 쪼는 시간이 내가 물려받은 시간과 함께 찾아왔다.

그 시간들을 어딘가에 담아 두려고 했으나 잘못된 저장 방식을 선택하고 말았다. 시간을 필름에 담아 뭉텅뭉텅 편집한 뒤, 영사기에 걸어 너무 빨리 돌렸다.

무엇을 위해 그렇게 빨리 돌렸을까. 꿀벌, 송사리, 붉은머리오목눈이, 딱따구리, 청띠신선나비, 반딧불이가 너무 빨리 돌린 시간을 견디지 못하고 떠나 버리지 않았는가.

다른 시간들도 떠났다. 펜촉에 잉크를 묻혀 종이 위에 마음을 적던 시간이 떠나 버렸다. 사랑하는 이에게 쓴 편지가 우편 행낭에 실려 천천히 여행하던 5일의 시간, 잘못 보낸 것은 아닐까 안절부절하던 5일의 시간이 '카톡' 소리와 함께 떠나 버렸다.

조급하게 기다릴 때, 시간은 제 존재를 무섭게 드러낸다. 째깍거리는 움직임이 심장으로 전해져 심장도 째깍거린다. 시간이 공명하는 대로 움직이는 슬픈 노예가 되고 만다.

바람을 느끼고 있을 때 시간은 사라진다. 바람의 시간을 어떻게 잴 수 있나. 나뭇잎이 흔들리는 것으로 바람의 시간을 알 수 있다지만, 정작 그 모습을 보고 있으면 시간은 사라진다.

삶은 존재하는 시간과 존재하지 않는 시간, 심장을 째깍거리게 하는 시간과 바람의 시간으로 만들어져 있다. 어느 시간을 더 많이 보내느냐에 따라 시간을 보내는 사람의 모습이 달라질 것이다.

바람의 시간을 꿈꾸었으나, 바람의 심장이 째깍거리는 소리를 제대로 듣지 못했다. 바람의 심장 소리를 들으면서도 눈은 시계를 잔뜩 품은 세상에 가 있었다. 나는, 세상이 아직 나를 위해 감추어 둔 시간이 어딘가에 남아 있는 것은 아닐까 하고 기웃거린 불량한 상속자였다.

Chapter 22.

세 개의 현재

문득 잠이 깼는데 아직 사위가 어두웠다. 창밖은 그때까지도 어두워서 시간의 어디쯤을 걷고 있는지 알 수 없었다. 스마트폰을 켜고 시간을 확인하기는 했지만, 실은 그럴 필요가 없었다. 검은색의 시간에 깨어나더라도 몸은 시간을 알고 있었다. 확인해 보면 언제나 몸이 느낀 시간에서 크게 벗어나 있지 않았다.

하루가 아니라 운명의 긴 시간이라면 그걸 느낄 수 있을까? 영화는 종종 그런 장면을 보여 준다. 황혼에 이른 이들이 자신의 시간을 감지하고 단정하고 조용하게 생을 정리하는 모습을.

울라브 하우게(1908~1994, 노르웨이) 시인이 그렇게 떠나셨던 것 같은데, 운 좋은 일로 여겨진다. 생의 시간이 길어지며, 더 이상 아름답지 않은 모습으로 시간을 길게 끌고 가는 모습이 너무 흔해졌다. 그런 모습을 볼 때마다 시간을 가다듬지 못하고 떠나면 어쩌나 하는 두려운 마음이 든다.

시간을 정리하는 것은 현재를 정리하는 일이 아니다. 현재는 결코 깔끔하게 정리되지 않는다. 과거를 가다듬는 일이고, 미래를 가다듬는 일이다. 미래를 정리한다는 말이 이상하게 들리겠지만, 한 사람의 시간이 끊긴다고 해서 미래에 그가 존재하지 않는 게 아니다. 떠나는 것은 현재의 일이다. 과거와 미래에서는 떠나지 못한다.

사람은 기억의 존재다. 과거, 현재, 미래는 오직 기억으로 집을 짓는다. 과거는 이미 굳어져 정으로 쪼아도 되살리기 어렵다고 생각하겠지만, 새겨진 상태로 굳어지지 않는다. 시간의 검은 주머니 속에 팔을 깊숙이 집어넣어 얼마든지 다시 형상을 고칠 수 있다.

기억이 달라지면 과거가 달라진다. 그래서 마음이 원하는 형상으로 과거를 변형시키는 일이 매일 일어난다. 살아 있다는 것은 과거를 편집할 수 있는 기회가 있다는 것을 의미한다. 로빈 윌리엄스(1951~2014)가 주연한 영화 〈파이널 컷The Final Cut〉(2004)이 그 모습을 명징하게 보여 주었다. 장례식장에 참석한 사람들은 고인의 편집된 일대기를 감상한다. 정말로 그런 시대가 올지도 모른다.

오늘 뭔가를 정리하는 일은 과거를 다시 만드는 일임과 동시에 미래를 다시 만드는 일이다. 그리고, 이상하게 들리겠지만 시간을 정리하는 일은 현재에서 시작해 현재에서 끝나는 일이다. 그리스 철학자 플로티노스(205~270)는 세 개의 현재만이 존재한다고 말했다. 지금의 현재, 과거의 현재, 미래의 현재다. 과거는 기억하는 순간 현재가 되어 버리고, 아직 다가오지 않은 미래도 상상하는 순간 현재가 되어 버린다. 현재는 그토록 어깨가 무거운 중요한 순간이다.

시간이 지나고 나면 '철이 들 것'이라고들 말한다. 시간이 흐르고 나면 가을을 맞는 것처럼 생이 어느 계절에 닿아 지혜롭게 되고 다소곳해지기라도 한다는 것일까? 시간이 그런 존재이기는 한 걸까?

그런데 왜 내겐 시간이 예측할 수 없는 장난을 치는 악동처럼, 도무지 철이 들지 않는 존재처럼 느껴지는 걸까. 아무리 생각해도 어린아이처럼 느껴지고 어른으로 느껴지지 않는다. 시간이 세계를 제대로 반죽하는 것을 보지 못했기 때문이다. 언제나 엉망이었다. 나를 반죽할 때는 더욱 형편없었고.

시간이 정말 소꿉장난에 빠진 어린아이는 아닐까? 그래, 그럴지도 모른다. 시간을 잔뜩 먹은 어른이라는 존재들에게서 소꿉장난을 넘어선 진지함을 발견하지는 못했으니까. 근엄한 척하며 벌이는 일들과 만들어 내는 것들을 보면 아이들이 하는 것보다 나은 것을 발견하기 어렵다. 그 때문에 더 치졸하게 느껴진다. 그들 책임이 아니라면, 시간이 아이이기 때문임이 분명하다.

사람마다 수호천사가 다르듯이, 같은 시간을 만나는 것도 아니다. 나는 특별히 운이 없었던 것 같다. 내가 만난 '시간의 아이'는 참을성이 없었다. 참을성이라면, 시간보다는 내가 더 많이 보여 주었다. 시간이 반죽을 제대로 하는 아이가 되기를 정말 오랫동안 기다렸으니까.

지난 세월 내내 그랬다. 나를 찾아오는 '시간의 아이'는 조금도 나아지지 않는 아이였다. 반죽 솜씨가 나아지기는커녕 늘 그날이 그날 같았다. 엉망인 반죽으로 빵을 구워서 기괴한 빵들—형태뿐만이 아니었고, 맛도 그랬다!—이 계속 만들어졌다.

그런 '시간의 아이'들이 한꺼번에 몰려나와 빵을 굽는다. 그 빵들로 세상이 가득 찼다. 정말 불안하다. 소꿉장난 같은 일들이 가득한 세상에서 나이 들어가는 것을 불안해하지 않는다면, 그게 더 불안한 일이 아닐까? 시간이 그러고 있는 것 같아서 불안하다.

내가 쓰는 모든 글은 그 불안을 숨기거나 드러내고 있는 증거들이다. 글 속에 시간에 대한 의심과 소꿉장난에 대한 의심, 참을성의 진정한 의미에 대한 의심이 가득한 건 그 때문이다. 그렇다고 내 글을 페르난두 페소아(1888~1938)의 『불안의 서』와 비슷한 글이라고 생각하지는 말아 주길 바란다. 모든 불안은 한편으로는 같고, 한편으로는 다르니까. 모든 불안은 보편적이면서도 특별한 자신의 연대기를 갖고 있으니까.

루이스 캐럴(1832~1898, 본명 찰스 럿위지 도지슨Charles Lutwidge Dodgson)의 『거울나라의 앨리스』(1871)에서 붉은 여왕은 성질을 내던 개가 사라져도 개가 낸 성질은 그대로 남는다고 말한다. 성질은 사물이 아니고 어느 순간의 감정이어서 물리적으로 남을 수 없는 것인데 어떻게 남는다는 거야, 라고 말하겠지만, 붉은 여왕 말대로 성질이 남을 수도 있다. 세월이 한참 흐른 후에도 기억을 만든 어느 공간에 서면 예전의 시간을 사로잡았던 오묘한 열기가 다시 살아난다. 그곳에 뭔가 남았기 때문이다.

사랑하던 연인이 헤어진 후에도 차를 함께 마시던 공간에는 밀어를 나누던 때의 감정이 그곳을 떠나지 못하고 남는다. 오래전 친구들과 술잔을 나누던 주점에 다시 앉으면 그 자리에 남아 있던 웃음소리가 다시 들려온다.

붉은 여왕의 말은 얼토당토않은 소리가 아니다. 개와 성질이 다른 길을 갈 수도 있지만, 그날의, 그 순간의 성질은 그 자리를 떠나지 않고 남는다. 언제나 떠나는 것은 우리다.

시간은 늘 우리를 어딘가로 떠나게 한다. 같은 자리에 나무처럼 살아야 한다면 그땐 성질이 길을 떠날지도 모른다. 오랜 시간이 흐른 후에 어느 성질이 돌아와 "아, 내 몸이 아직도 저기 남아 있네."라고 말할 수도 있다. 시간이 있는 한, 몸이든 성질이든 어느 하나는 반드시 그 자리에 남는다.

사물이 떠난 자리에 아무것도 남지 않을 수는 없다. 아무것도 남지 않는다면 어떤 공간도 우리에게 더는 의미심장하지 않다. 어떤 공간도 기억을 품을 수 없다.

당신이 시계를 내밀었을 때, 당신의 시계와는 다른 시계를 갖고 있다고 말하려다가 그만두었습니다. 그건 당신이 많은 시계를 인정할 때나 가능한 일이니까요. 우리가 어느 현재를 함께 나누었다고 말하겠지만 정말 그랬는지는 알 수 없습니다.

당신의 집에 있는 물건들은 모두 다른 시간에서 왔습니다. 당신이 읽는 책들도 모두 다른 시간에서 왔습니다. 당신이 그 물건들이나 책에 애착하고 있다면—아니, 애착하고 있지 않더라도 당신 곁에 머물렀거나 머무르고 있다면—, 당신은 그 시간들에 의해 만들어진 존재입니다.

누군가 다가와 줄인 말들, 이상하게 조합된 단어들로 말을 건다면 답하지 못할 겁니다. 그건 제가 겪지 않은 시간들의 산물이기 때문이지요. 한 번도 재배하지 않은 이국의 작물로 지은 밥을 어떻게 덜컥 입에 넣을 수 있을까요. 낯선 시간들로 지은 밥을 어떻게 소화할 수 있을까요.

저는 옛사람도, 새사람도 아니에요. 저는 당신이 선택하지 않은 시간 몇 개를 호주머니에 넣고 다닐 뿐이에요. 당신에게도 제게 없는 시간 몇 개가 호주머니에 들어 있을 테고요. 우리는 만지작거리는 게 서로 달라요. 그건 취향 때문이기도 하고, 서로 정체가 다르기 때문이기도 해요.

Chapter 23.

시간의 색

여행을 싫어하긴 하지만 사막 다음으로 꼭 가 보고 싶은 땅이 있다. 밤이 되어도 검은색 망토가 드리워지지 않는 땅이다. 보름달이 뜨지 않아도 길이 환하게 보여 넘어지지 않고 걸을 수 있는 땅이다. 그 땅에 사는 사람들은 그 땅에 찾아온 밤을 '하얀 밤(백야白夜, White Night)'이라고 부른다.

밤이 되어도 태양의 꼬리가 지평선 너머로 아주 사라지지 못하고 어딘가에서 배회하고 있다니! 검은 망토로 덮어 주어야만 부지런히 움직였던 사물들이 서로의 경계를 간간이 훔쳐보며 쉴 수 있을 텐데, 어둠 속에서 쉬지 못하는 밤이라니…….

그런 밤이 한 시절 길게 이어지는 땅의 사람들은 밤을 그리기 위해 어떤 색의 물감을 집을까. 검은색을 집었다가 창밖의 하얀 어둠을 생각하고 하얀색을 집을까. 어쩔 줄 모르다가 회색 물감을 집을까.

우린 확연하게 구분되는 검은 밤의 땅에서 태어났다. 태양이 지평선을 넘어 쉬러 가는 일을 단 하루도 빼놓은 적이 없는 땅. 간혹, 구름에 가려지지 않은 보름달이 찾아와 밤길을 겨우 넘어지지 않을 정도로만 비춰 주는 밤의 땅. 그런 땅이어서 운명의 낮과 밤도 확연하게 갈려서 찾아왔다.

그렇게 공간마다 시간의 색이 다르게 배합된다. 멀리 있는 나라에서는 밤을 백야라고 부른다니, 우리의 밤을 '검은 밤(흑야黑夜, Black Night)'이라고 부르자고 하면 다들 고개를 끄덕여 줄까. 밤은 본래 검은 것인데, 밤에 다른 이름을 붙일 필요가 있느냐고 면박을 주며 그냥 밤이라고 부르라고 할까.

겨울이 되면 검은색은 더 일찍 찾아와서 더 오래 머물다 간다. 검은색은 한껏 짙어졌다가, 봄이 되면 조금 옅어지고 여름이 되면 한껏 옅어진다. 짙어지고 옅어지는 것까지 구분할 줄 아는 누군가가 있다면, 시간의 색이 어떤 색깔이냐는 질문에 곧바로 대답하지 못하고 이렇게 푸념하리라.

"낮에는 시간의 색을 묻는 질문에 답하기 어려워요. 밤이 되어야만 시간의 색에 대해 대답할 수 있지요. 그때 혹시, 달과 별의 색을 빼야 하는지요? 밤의 색은 검은색이라고 해야겠지만, 달과 별을 빼고 나면 그 검은색은 달라지거든요.

매번의 밤에 매번 같은 색의 달과 별이 뜨지도 않아요. 매번의 밤하늘에 다른 구름들이 찾아오거든요. 어쩌면 밤에도 시간의 색에 대해 답하기 어려울 것 같네요."

봄이 다시 돌아왔다. 작년 이른 봄 동네에 있는 '틀못(기지제)'을 돌며 보았던 풍경의 색으로 오늘 만난 풍경의 색이 다시 돌아가 있었다. 봄은 왔으나 아직 초록으로 변신하지 못한 부들, 꽃창포, 갈대, 버드나무의 색…….

마르고 처진 부들과 꽃창포의 잎이 갈색이 아니라 푸른색이나 다른 색을 띠었다면 "다시 그때의 색으로 돌아왔어."라고는 말할 수 없으리라. 모든 사물이 그때그때 시간의 색을 갖고 있어서 색이 돌아오는 일에 관해 이야기를 할 수 있다.

시간은 색을 갖고 있다. 부들의 시간은 초록과 갈색을 낮과 밤처럼 나누어 갖는다. 허공도 시간을 갖는다. 허공은 푸른색과 검은색을 가졌다. 허공이 검은색이 되는 시간을 밤이라고 부른다.

허공이 검은색을 띠면 집으로 돌아가거나, 어딘가에 모여 이야기를 나누며 술잔을 기울인다. 불을 밝혀 놓고 허공이 검은색을 띠는 것을 어떻게든 막아 보려 한다.

생에서 잠의 시간을 덜어 내서라도 색을 띠는 무엇인가를 만들어 보려 한다. 완전히 검은색이 돼 버린 시간은 죽음을 연상시키기 때문이고, 아무것도 하지 못하는 공포의 더듬거림을 낳게 되리라는 생각이 들기 때문이다.

시간의 색이 변하는 것을 막아 보려는 것은 부질없는 욕망이다. 우리에게 움직임과 생각, 쉼을 주는 시간도 지상의 생명체들처럼 깊은 잠을 자야 한다.

깊은 잠은 모든 색이 검은색으로 탈색되는 과정이다. 실은 탈색이 아니다. 쉬는 것이다. 색도 쉬어야 한다. 밤마다 낮을 꾸며 주었던 색들이 쉴 수 있도록 밤은 색들이 들키지 않도록 가려 준다. 그 일이 매일 일어난다.

검은 밤 동안, 시간은 움직임과 생각을 멈추거나 소거해 버린다. 아침이 밝아 오면 시간은 색과 함께 다시 돌아와, 멈추었던 것들을 움직이고 소거됐던 것들이 다시 화면으로 돌아온다.

시간의 색이 바뀌는 것을 보려면 기다려야 한다. 절대 앞당기거나 뒤로 미룰 수 없다. 그런데 인간은 가만히 기다리지를 못한다. 기다림을 앞당기고, 기다림을 거부하는 과정을 만든다.

앞당기고 거부하는 것으로도 이야기는 만들 수 있지만 풋내가 난다. 그 풋내 나는 걸 계속 광주리에 담으면 생은 부질없이 소란스러워진다.

인간은 주변의 사물들이 서둘러 낡거나 늙어 버려 그윽한 갈색을 띠며 높은 가치를 지니기를 원한다. 그런 장식이 집 안을 멋지게 채워 주기를 바란다. 오래 묵은 시간의 아우라가 흘러나오기를 원한다. 그런데 어째서 정작 자신들 자체는 낡거나 늙어 갈색이 되는 것을 그토록 거부하는 것일까.

눈을 돌려 집 안에 오래 머물러 있는 책을 살펴보았다. 낱낱의 페이지들이 갈색이 되어 있었다. 긴 가을의 색……. 사람도 철마다 색이 바뀌면 어떨까 하는, 내면의 숙성이 색으로 드러나면 어떨까 하는 부질없는 생각이 떠올랐다.

모리스 블랑쇼(1907~2003)는 『죽음의 선고』(1948)에서 세상에 존재하는 시간을 "배우기 위한 시간, 모르기 위한 시간, 이해하기 위한 시간, 잊기 위한 시간", 네 가지 시간으로 나누었다.

블랑쇼는 시간을 이해하고 망각하는 기준에서 바라보았다. 배우는 것은 기억하는 것이다. 오래 기억해야만 배우는 것의 의미가 있다. 반드시 남아 있어야 한다. '모르기 위한 시간'은 기억을 거부하는 시간이다. 그것이 더 어렵다. 무심코 지나간 것이 아니고 눈앞에 있는 것을 알면서도 모른 척하기는 기억하기보다 더 어렵다.

'이해하기 위한 시간'과 '잊기 위한 시간'은 '배우기 위한 시간'과 '모르기 위한 시간'이 다른 옷을 입고 나타난 것과 같은 의미다. 역시 기억과 망각으로 읽힌다.

이 세계는 블랑쇼가 나눈 네 개의 시간이면 충분할까? 그가 나눈 네 개의 시간 말고 또 하나의 시간이 있다. '비어있는 시간'이다.

한 달에 두 차례 남부시장 안쪽 끝머리에 있는 '정자나무집' 이라는 오래된 주점에서 시인이신 김사인 선생님, 화가이신 유휴열 선생님을 비롯한 여러 장르의 예술가들이 만나 조촐한 자리를 갖는다. 그 자리에는 '배우기 위한 시간'과 '이해하기 위한 시간'이 말을 건네고 있다.

자리가 끝나고 나면 10시쯤이 된다. 그 시간에 골목으로 나서면 주위가 온통 어둡다. 사람들도 보이지 않는다. 그때마다 느낀 시간이 '비어있는 시간'이다. 지난 한때의 영화를 모르기 위한 것도, 잊기 위한 것도 아닌 시간. 뭔가가 떠나 버린 비어 있는 시간…….

블랑쇼가 말한 시간으로 우리의 시간을 모두 채울 수는 없다. 언제나 배움과 무지, 이해와 망각으로 셈해지지 않는 시간의 존재를 느낀다. 때로 그 시간은 블랑쇼의 4개의 시간보다 깊고 짙은 그림자를 드리워 헤어날 수 없게 한다.

그 시간을 설명할 수 없다. 그래서 '비어 있는 시간'이라고 부른 것이다. 비어 있는 시간은 블랑쇼의 네 개의 시간 중 어느 시간과 가장 많이 닮았을까.

각각의 시간이 색을 가지고 있을 텐데, 아직 시간의 색을 구별하는 것이 서툴다. 그래서 비어 있는 시간이 모르기 위한 색이나, 잊기 위한 시간의 색과 닮았으리라고 말하지 못한다. 닮지 않았을지도 모른다. 아주 다른 색일지도 모른다.

어느 시간과도 닮지 않아서, 이야기할 수 없는 시간에 속하리라는 생각이 자꾸 든다. 블랑쇼의 네 개의 시간으로는 흔들 수 없는 무게의 색이 느껴지기 때문이다.

Chapter 24.

시계가 사라졌다

오랫동안 열어 보지 않았던 서랍을 오랜만에 뒤적였다. 문득 손목시계가 생각나서였다. 그런데 여러 개가 보여야 할 시계가 하나도 보이지 않았다.

어디에 두었을까. 시계를 사용하지 않은 지는 오래되었다. 20년이 넘은 것 같다. 몸에 뭔가 걸치는 것을 좋아하지 않아서 결혼할 때 아내가 준 반지와 시계조차 몸에 걸치지 않고 살아왔다.

운 좋게도 시계를 차지 않고도 전혀 불편하지 않은 시대를 맞은 덕분이다. 시간을 알려 주는 시계들이 도시 곳곳에 다양한 모습으로 자리하고 있어서 어디서든 시간을 확인할 수 있다. 시내버스를 타도 시계가 있고, 카페를 가도, 식당을 가도 시계가 있고, 거리의 전광판에도 시계가 있다. 스마트폰 속에도 시계가 있다. 라디오는 원치 않는데도 시간을 알려 준다.

곳곳에 시간을 알려 주는 다양한 형태의 시계들이 널려 있어 손목시계 없이도 시간을 확인하며 살게 되었지만, 손목시계뿐만 아니라 시간을 알려 주는 장치가 어디에도 없었던 시대도 존재했다. 그런 시대를 직접 겪었는데 신기하게도 큰 탈 없이 살았다.

시계가 없는 시대라고 했지만, 시간을 알려 주는 장치가 전혀 없었던 것은 아니었다. 초등학생 시절인 1970년대만 해도 오포午砲가 존재했다. 문자 그대로라면 정오에 포를 쏘아 시간을 알려야 했겠지만 실제로 포를 쏜 것은 아니었다. '오포'라는 단어는 살아 있었지만, 단어 속의 사물은 이미 그 당시에도 달라져 있었다.

포를 쏘는 대신 사이렌을 울렸는데, 시골 면 단위 동네의 중심에 자리 잡고 있었던 파출소 앞에 나무로 짠 망루가 있었고, 타르를 칠해 좀체 썩지 않는 오래된 검은 망루 끝에 매달린 확성기에서 동네 곳곳으로 사이렌 소리가 울려 퍼져 나갔다.

오포는 허공에 매달려 하루에 단 한 번 울리는 눈에 보이지 않는 괘종시계였다. 검은 괘종시계에서 흘러나온 사이렌 소리는 커다란 동심원을 일으키며 집들을 지나 논과 밭을 지나 다리를 건너고 냇물을 지나 산자락까지 퍼져 나갔다. 산자락에 소리의 파도가 부딪쳤다. 소리의 동심원이 그렇게 해서 마을 사람들에게 12시가 되었음을 알렸다. 들에 있던 분들이 그 소리를 듣고 점심을 먹기 위해 집으로 향했을 것이다.

당시에는 손목시계를 가진 사람들이 많지 않았기 때문이었는데 1970년대가 지나자 오포도 사라졌다. 손목시계가 하나둘 사람들 손목에 채워지며 시간을 알려 주던 사물을 사라지게 한 것이다. 오포는 다시 돌아오지는 못한다. 새로운 사물이 나타나 역할을 대신하면, 그 자리를 내주고 사라진 사물은 결코 옛 모습 옛 자리로 되돌아오지 못한다.

역할과 기능이 옛 모습대로 필요한 상황이 만들어진다 해도 사물의 귀환은 확신할 수 없다. 한 사물과 그 사물이 맡았던 역할에 대한 기억이 사라져 버렸을 수도 있기 때문이다. 1970년대 중반 이후에 태어난 세대들, 1970년대 이전이라도 도시에서 태어난 세대는 오포午砲를 알지 못한다. 12시에 울린 사이렌이 어떤 의미를 지니고 있었는지 알지 못한다.

역할이 끝났다고 해서 사물이 모두 사라지지는 않는다. 사물은 대부분 남아 있다. 확성기도 남아 있고 사이렌도 아직 남아 있다. 확성기의 사이렌을 시간으로 연결하지 않고, 비상사태를 알리는 경고의 소리로만 알고 있을 뿐이다. 사물은 남아 있더라도 역할은 그렇게 시대의 변화를 따라 달라지고 만다.

그런 사물들은 사물 본연에 대한 것과는 다른 생각을 만든다. 내 몸에서는 오래전에 떠나 버린 손목시계를 누군가의 손목에서 볼 때마다 시간과는 다른 의미를 생각하게 된다. 가장 자주 하는 생각은 저 사물은 어떤 의미로 저 손목과 함께 있는 것일까, 하는 것이다. 내 손목에 시계가 존재했던 때와는 손목 시계에서 다른 것이 짚이기 때문이다.

이제 손목시계의 의미는 이전과 달라졌다. 시간을 확인하는 역할이 사라진 건 아니다. 미미해졌지만 여전히 남아는 있다. 기능과 역할의 의미가 하나 더 생긴 것 같고, 그 역할이 본래의 역할보다 더 크게 보인다. 이제 손목시계는 시간을 확인하는 장치라기보다는 패션으로서의 의미가 훨씬 더 크다.

손목시계의 의미가 시간 속으로 사라지는 모습과 새로운 의미가 손목에서 떠오르는 모습이 겹치고 있다. 어쩌면 우리 주변의 모든 사물이 그런 사라짐과 떠오름의 교차를 겪고 있는지도 모른다. 다만 오늘은 손목시계를 이야기하고 있을 뿐이다.

그럼, 시간은 어떻게 된 것일까? 시간에게 무슨 일이 생겼기에 손목시계에서 시간이 왜소해진 것일까? 시간이 너무 많이 인식되기 때문인지도 모르겠다. 사방에서 시간을 이야기하기 때문에 손목시계에 머물렀던 시간이 작게 분화되어 무수한 사물들로 이전된 것일지 모른다.

현대인들은 곳곳에서 시간을 느끼도록 압박당한다. 심지어 잠을 잘 때도 압박당한다. 그 때문에 역설적으로 시간을 알려주던 시계에서 시간을 확인하는 의미가 떠나게 되었을 것이다. 이제는 오히려 시간에 속박당하지 않는 것이 손목시계일지도 모른다는 생각까지 들게 한다. 시계는 더 이상 시간이 사는 장치가 아니게 된 것이다.

시간은 모든 곳에서 똑같이 존재하지 않는다. 아마존에 사는 피라항족은 자신들을 '히아이티아이히(직선)'이라고 부른다. 그래서 그들은 시간을 가리키는 숫자를 갖고 있지 않다. 우리는 시간을 숫자로 나눈다. 과거, 현재, 미래로 나누고, 지나간 것들과 오지 않은 것들까지 모두 숫자 속에 집어넣고 산다. 훌쩍 뒤로 갔다가, 훌쩍 앞으로 건너뛰기도 한다. 그러면서 불안해하고 혼란스러워한다. 시간이 불안과 혼란을 낳는 존재가 되고 말았다. 피라항족은 묵묵히 앞으로 간다. 시간을 정밀하게 나누는 숫자 없이도 잘만 살아가고 있다.

시간은 보이지 않는 존재다. 아무도 시간을 보지 못했다. 시계와 시계 속의 판에 새겨진 숫자들, 그 숫자들을 회전하는 시침, 분침, 초침이 시계의 몸이라고 말하겠지만 사실이 아니다. 침들과 숫자는 시간의 진짜 모습이나 시간이 빙의한 분신이 아니다. 그건 그냥 우리가 시간과 결부시켜 놓은 사물들이고, 그 사물들의 움직임일 뿐이다.

시계가 정말 시간이라면 괘종시계가 진짜 시간의 모습일까, 손목시계나 전자시계의 모습이 진짜일까? 그런 의문들이 시계라는 사물이 시간이 아니라는 걸 증명해 준다. 시계 속의 판

위에 숫자 대신 동물이나 식물을 맥락 없이 그려 놓아 보면, 곧바로 시계라고 부를 수 없다는 사실을 깨닫게 될 것이다.

서랍 속에서 시계가 발견되지 않았지만, 집 안 어딘가에 여전히 옛 모습대로 남아 있는 것처럼 시간도 어딘가에 있을 것이다. 벽에 걸린 괘종시계와 손목의 손목시계가 시간과 무관하게 변함없이 움직이고 있는 것처럼.

괘종시계와 손목시계가 시간과 뗄 수 없는 사이라는 생각은 움직임의 간격이 시간이라고 생각되는 것의 간격과 같다고 판단한 것일 뿐이다. 그 움직임조차 우리가 만들어 놓은 주기일 뿐이고.

시계를 찾다가 돌아서 손으로 책들을 쓰다듬어 본다. 시간은 그곳에도 있다. 시계는 사라졌지만, 시간은 어디에든 있다. 시계도 완전히 사라진 것 같지는 않다. 문득 책, 그림, 작은 도자기 그릇, 스피커, 책도장, 낡은 모자, 오래된 볼펜이 모두 시계라는 생각이 든다.

그런 시계들이 저마다의 똑딱 소리를 내고 있다. 서랍 속과 작은 서재가 갑자기 독특한 초침 소리로 가득 채워진다.

4부

거울 이야기

Chapter 25.

마음이라는 미디어

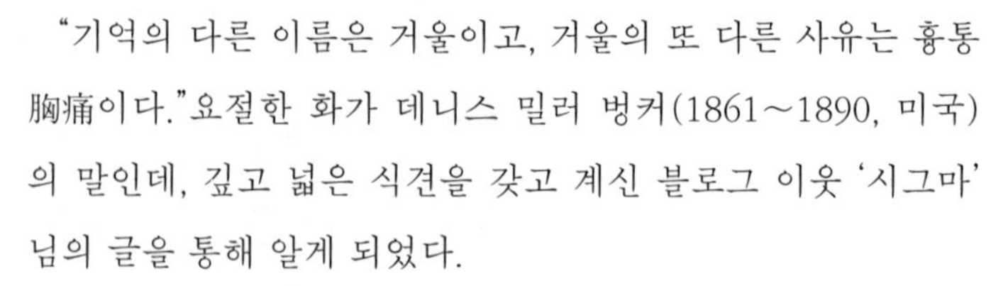

"기억의 다른 이름은 거울이고, 거울의 또 다른 사유는 흉통胸痛이다."요절한 화가 데니스 밀러 벙커(1861~1890, 미국)의 말인데, 깊고 넓은 식견을 갖고 계신 블로그 이웃 '시그마' 님의 글을 통해 알게 되었다.

거울은 문학작품에 흔하게 등장하는 오브제다. 자아를 들여다보는 장치이기도 하고, 욕망의 수위를 가늠케 해 주는 바로미터이기도 하다. 상상의 세계나 다가갈 수 없는 세계로 건너가게 해 주는 손잡이 없는 문이기도 하다.

"기억의 다른 이름은 거울이고, 거울의 또 다른 사유는 흉통胸痛이다."라는 문장이 만드는 〈거울=기억=흉통〉이라는 사유의 공식은 익숙하면서도 생경하다.

기억은 거울에는 모습을 비추지 않으면서도 지난 시간을 재편하는 세계다. 거울에 비치지 않는 것은, 기억에는 현재가 존재하지 않기 때문이다. 거울은 현재를 반영하는 세계다. 거울 앞에 지나간 시절의 어린아이가 현재의 나 대신에 서 있을 수는 없다. 그러려면 상상과 동화의 힘을 빌려야 한다.

〈거울=기억〉이란 공식은 틀린 것처럼 보인다. 하지만 거울은 현재의 모습만을 비추는 세계가 아니다. 현재의 뒤로 보이지 않는 기억이 연이어 나타난다. 나타난 기억들은 감정을 품게 한다. 그렇게 품은 감정들은 아픔 쪽으로 훨씬 더 많이 기운다. 아픔 쪽의 그늘이 언제나 더 짙다.

거울은 기억을 반영하는 세계가 아니다. 그런데도 기억을 떠오르게 하고, 떠오른 기억 속의 고통을 만나게 한다. 그렇게 해서 〈거울=기억=흉통〉이라는 사유의 공식이 만들어진다.

재편된 기억만을 반영한다면 거울은 아픔을 줄 수 없다. 거울로 다가가기 전에 기억 속의 아픈 것들을 재편하여 지워 버렸다고 믿었으나 거울을 보는 순간 다시 살아나고 만다는 것을 우린 알고 있다.

데니스 밀러 벙커의 말은 두 상황으로 이해할 수 있다. 〈자아에서 출발한 사건들과 마주함〉으로, 〈자아에서 출발하지 않은 사건들과 마주함〉으로.

후자의 경우는 어쩔 수 없겠지만, 자아에서 출발한 사건(기억)이 흉통으로 다가오는 것을 제대로 이해하기 위해서는 자신의 삶에 대한, 자신의 사건에 대한 직시가 필요하다. 불편하고 고통스러워서 걷어 내고 재편하려는 욕망을 자제하고 그대로를 들여다보려 해야 하다. 많이 아프겠지만.

오욕으로 기록된 시간을 온전히 받아들이는 것은 어렵다. 모든 자서전에 거짓이 듬뿍 들어 있는 이유이고, 기억을 들여다보는 일이 사유의 진정성을 가늠하는 잣대가 되는 이유다.

사람들은 다양한 사물에 자신을 투사하여 자신을 묘사한다. 그 묘사가 곧바로 눈에 보일 때가 있다. 거울이나 유리창 앞에 설 때다. 거울과 유리창은 매일 묘사하는 예술 매체다.

아침에 일어나자마자 거울 앞에 서서, 밤이 우리를 어떻게 묘사했는지를 먼저 살핀다. 그리고는 밤의 묘사를 거부하고 자신을 묘사하기 시작한다. 묘사하지 않고 밖으로 나서는 일은 가장 부끄러운 일 중의 하나가 되기도 한다.

거울 앞에서 묘사를 끝내고 밖으로 나가면 유리창을 곳곳에서 만나게 된다. 수시로 자신의 묘사를 수정하고 고칠 수 있도록 보여 준다. 때로 유리창 속의 누군가가 그 모습을 지켜보고 웃기도 한다. 거울 속에는 누군가가 존재하지 않지만, 유리창 너머에는 우리의 묘사를 의도치 않게 훔쳐보는 누군가가 존재한다.

그 때문에 유리창은 거울처럼 느껴지기도 하고, 은밀한 벽처럼 느껴지기도 한다. 유리창 밖의 움직임과 안의 움직임이 활기찬 어느 영화의 장면처럼 느껴질 수도 있고, 붙박이가 돼 버린 어느 막힌 벽의 벽화처럼 느껴질 수도 있다.

글, 그림, 음악, 춤이 자신의 삶을 묘사하느라 탄생한 대표적인 양식들이지만 문학과 예술만이 자신을 묘사하기 위해 탄생한 것이 아니다. 삶의 주변에 있는 모든 사소한 것들이 누군가의 삶을 묘사하기 위해 탄생했다.

누군가 자기 집 담장 위에 돌 하나를 올려 두었다면 그것도 삶을 묘사한 것이고, 담장 안의 마당에 장미가 아니라 수국을 심고 백합이 아니라 붉은말발도리를 심은 것도 삶을 묘사한 것이다. 모든 것이 '묘사의 창'이 되고 '묘사의 거울'이 된다.

화장대 거울은 주름이 깊어진 모습을 비추지만, '묘사의 거울'은 마주 선 이의 얼굴이 비치는 것이 아니라 만든 이의 마음과 생각이 비치는 신기한 거울이다.

그도 비치고, 그녀도 비친다. 다른 이들이 내가 만든 묘사의 거울 앞에 서면 그들이 아니라 내가 비친다. 그러니 삶의 주변에 있는 작고 사소한 것들을 어떻게 아무렇게 배치할 수 있겠는가.

TV 채널을 돌리다가 누군가의 거실이 등장하면, 그 거실이 어떤 사물로 채워졌는지를 살펴본다. 채워진 사물들이 그 가족의 '묘사의 거울'이기 때문이다. 그들은 자신이 좋아하는 것들로 채워 놓은 거실이 자신을 비추는 거울이라는 사실을 알고 있을까? 모르지 않을 것이다. 알고 배치했을 것이다. 다만, 자신들이 배치한 것이 읽혔으면 하는 것과 실제로 읽히는 것이 다르게 나타나리라는 것을 알지 못할 뿐이다.

블로그에서 많은 이웃을 만나고, 그들만큼의 '묘사의 거울'

을 만난다. 자신만의 독특한 거울을 만들어 가는 이도 있지만, 삶이 너무 분주하여 자신의 삶을 묘사하기 위한 장치를 만들어 낼 시간이 없는 이들도 있다. 그런 이들은 남들이 만든 것을 이용하여 묘사한다. 책, 영화, 음악, 미술, 음식 등 다양한 재료들을 활용하여 자신의 이야기를 대신 묘사하게 한다.

어떤 이야기든 무심하게 넘기면 그들의 거울을 들여다볼 수 없다. 블로그가 됐든 인스타나 페이스북이 됐든 그들이 감독이 되어 촬영하고 있는 내면과 외면의 미디어라는 생각으로 보아야 그들의 모습이 비친 거울이 보인다.

풍경과 너 사이에 있는 것들을 허공이라고 생각하지 마. 풍경 너머는 이 세계를 미디어 작품으로 만든 배경이야. 배경을 읽는 의미가 숱하게 달라졌어도 배경은 언제나 그 자리에 있었어. 허공이라고 생각한 것은 더욱 그랬고.

나무들과 구름들도 자신들의 자리를 만들기 위해 애를 쓴 거야. 네가 바라보는 풍경은 다른 풍경을 밀어내고 있어. 네 눈동자에서 나간 응시로, 멀리 보이는 산자락 벽까지 풍경을 밀어붙이고 있는 거야. 세심하게 살핀다면 너만 밀어붙이고 있는 게 아니라는 걸 알게 될 거야.

욕망이 아니고서야 어떻게 산과 강이 안개를 뿜어내 서로를 견제하고 있는 공간에 무수한 벽들을 세울 수 있었겠어. 등을 세우고, 나무들을 세웠지. 욕망이 상상한 그림들이 지금도 실현되는 중이야.

나도 욕망을 사랑해. 추억을 들춰 보면 욕망의 실패들이 가득 들어 있고, 앞으로도 욕망은 대부분 실패로 끝나게 되겠지만 욕망을 사랑해. 그래도 조심해야 해.

욕망들이 얼마나 빠르게 정신없이 충돌하는지를 눈으로 볼 수 있다면, 우린 모두 눈이 멀게 될 거야. 충돌이 만든 섬광이 허공에 가득 차 있을 테니까. 우린 눈에 보이지 않는 것들에게 감사해야 해. 좋은 것들만 보이지 않는 곳에 머무는 게 아니야. 나쁜 것들도 그곳에 머물지.

하늘의 길도, 땅의 길도 혼자 저절로 난 건 없어. 너의 몸에 난 길도 그렇지. 누군가 네 몸을 만지면 길이 만들어질 거야. 생각의 길도 그렇게 나고, 마음의 길도 그렇게 나. 길이 많은 게 좋겠냐고? 알잖아. 나는 길이 적은 게 좋아. 생이 온통 게으르거든.

모든 길을 다 가 보아야겠다는 생각이 없어. 하나의 길을 가고도 천 개의 길을 상상할 수 있으면 좋겠다는 생각이나 하고 있지. 얼마나 게으른지 알겠지? 말이 안 된다고 하겠지만 '가 보지 않은 여행가'라고 불렸으면 좋겠어.

Chapter 26.

보이지 않는 것들과의 대화

르네 위그(1906~1997)는 저서 『보이는 것과의 대화』의 앞부분에 "어느 때보다도 더 대중들은 이미지들을 필요로 하고 있다. …… 눈길(一瞥)이 사색을 대신하는 것이다."(드 몽지, 1939) 라는 글을 인용해 놓았다.

80년도 더 전의 누군가가 당대의 사람들이 세상을 어떻게 바라보고 있는지를 간파하여 적어 놓은 말일 텐데, 마치 이 시대를 위해 써놓은 말처럼 느껴진다.

1839년 다게르(1787~1851)의 '다게레오타입'이후 이미지의 세계에 큰 변화가 일어나고, 1894년 알폰스 무하(1860~1939, 체코)의 포스터가 상업 세계에 이전에 없던 아름다움을 선사한 '아르누보'의 이미지들 이래로 100년 이상 첩첩의 이력이 이미지의 세계에 쌓였다.

너무 많이 쌓이게 되면 대화를 방해한다. 이미지가 가진 뿌리를 이해하는 일이 만만치 않기 때문이다. 눈에 보이는 이미지는 보이지 않는 것들에 의해 만들어지기 때문이기도 하다.

이미지에 대한 하나의 작은 우화를 머릿속에 떠올려 보았다. 알퐁스 도데(1840~1897)의 「별」이 탄생했을지도 모르는 공간이 배경으로 떠올랐고, 등장인물들이 떠올랐고, 이야기가 시작되었다.

멋진 이미지의 옷을 입은 기사가 말 위에 있었다. 사람들은 기사를 우러러보았다. 단 한 번이라도 말 위에 올라타 본 사람들이라면 누구나 그를 부러워했다. 그는 높은 곳에서 멀리 보는 사람이 아닌가!

그는 먼 나라에서 본 것들을 존 맨더빌[3]이라도 된 것처럼 자랑스럽게 이야기했다. 이상한 이야기도 있었지만, 누구도 이의를 달지 못했다. 직접 눈으로 보았다고 하지 않는가! 그가 전하는 나라들의 이미지들은 이곳에는 없는 것이어서 반박할 수 없었다. 없는 것을 어떻게 의심할 수 있겠는가!

마을 사람들이 중요하게 여기지 않는 목동만이 그의 말을 경청하지 않고 지나갔다. 기사는 목동의 무심한 지나침이 기분을 나쁘게 했지만 모른 척했다. 마을 사람들조차 무시하는

3. 『맨더빌 여행기』를 지은 것으로 알려진 허구의 인물. 『맨더빌 여행기』는 존 맨더빌이 1322년부터 1356년까지 동방의 나라들을 여행하며 직접 보았다는 기이한 이야기들이 가득하다. 현재는 여러 여행서들을 편집한 것으로 보고 있다.

목동에게 시비를 거는 것은 자존심 상하는 일이었다.

목동은 산에서 먹을 음식이 담긴 가방을 메고 마을 사람들이 맡긴 염소들을 이끌고 산으로 올라갔다. 마을 사람들 누구도 목동이 다다른 곳까지 다다른 이가 없었고, 목동처럼 오래 머문 이는 없었다.

마을 사람들이 목동에게 높은 산에 관해 물으면, 나무와 풀과 구름과 바위가 있을 뿐이라고 답할 뿐 더는 말하지 않았다. 양들이 두려워하는 번개와 자신이 사랑하는 별들에 대해 말하지 않았다.

목동은 빛나는 옷을 입은 기사가 말을 타고 산 아래를 지나 또 다른 마을로 가는 것을 보았다. 햇살이 기사의 옷을 더욱 빛나게 했다. 그는 오랫동안 기사의 동선을 보아 왔다. 또 다른 마을에서 또 다른 마을로 돌아다닌다는 것을 알고 있었다.

목동은 마을 사람들이 모인 곳을 지나치며 기사의 빛나는 말[言]을 들은 적이 있었다. 이미지들이 가득했다. 목동은 목동이었던 아버지의 말을 생각했다.

"사람들에게는 이미지가 필요하단다. 그게 없으면 죽는 줄 알고, 이미지를 자기 것으로 만들려고 애쓴단다. 많은 이미지를 가지면 명예가 높아지고 부자가 되는 줄 알지.

눈이 먼 사람들조차 이미지를 찾으려고 지팡이로 더듬지. 귀와 코를 가졌다는 사실은 안중에도 없어. 염소들은 늑대가 보이지 않아도 늑대가 다가오는 것을 알고 있고, 약초가 보이지 않아도 약초가 가까워지고 있다는 것을 알아.

이미지는 필요하지만, 없어도 죽지는 않아. 시간은 이미지로 흐르는 것이 아니야. 구름 아래서 염소들의 소리를 듣는 동안에도 시간은 흘러가고, 그것도 삶이란다. 눈에게는 그렇게 많은 것이 필요하지 않을지도 모른단다."

이야기는 그 부분에서 멈추었다. 눈을 감고 흘러가는 구름이 잠시 메마른 땅의 냄새를 맡으려고 했기 때문이었다. 그건 아주 중요한 일이었다. 그래야만 비가 내리고 나무들이 구름의 냄새를 맡을 수 있었다.

페르난두 페소아(1888~1935)는 여행을 상상하면 구토를 느낀다고 했다. 요즘 같은 상황이었으면 어땠을까? 여전히 그는 여행에 대해 별로 내키지 않아 하는 생각을 고수했을까? 왠지 그의 구토 증세가 더 심해졌을 것 같은 생각이 든다.

해외여행이 쉽지 않았던 때, 인도에 관한 책이 잘 팔렸다. 성자 이야기가 인기 상품이었는데, 지두 크리슈나무르티(1895~1986)와 또 다른 많은 성자가 인기를 누렸다. 그 배경에는 인도를 성자의 나라라고 전도한 이들이 있었다.

2011년 출간된 정호영의 『인도는 울퉁불퉁하다』는 인도도 다른 사회들처럼 많은 문제를 끌어안고 살아가는 세상에 불과하다는 것을 보여 주었다. 오히려 다른 사회보다도 문제가 더 많은 사회임을 깨닫게 해 주었다.

넘기 어려운 신분제 계급 사회가 엄연히 존재하는 사회가 지구상에 몇이나 될까. 인도는 거대한 사회가 아직도 그 벽에 갇혀 있다. 학교에서 세계사 시간에 배운 인도의 카스트 계급은 불과 서너 개였지만, 실제로는 셀 수도 없는 계급이 존재하고 있다. 3,300년이나 흘러온 전통은 쉽게 사라지지 않는다.

인도의 해방을 위해 단식하며 '마하트마'(위대한 영혼)라는 영광스러운 별칭을 얻은 간디는 카스트 유지를 위해서도 단식했다. 외부로부터의 자유를 꿈꾸는 데는 지도자였고 선구자였지만 내부에서의 자유는 쉽게 허락하지 않은 완고한 인물이었다. 인간은 누구나 그토록 이율배반적인 존재다. 특별한 사람들이 모여 사는 특별한 곳은 존재하지 않는다.

아직도 많은 이들이 스스로 미몽迷夢을 만들고 거기에 빠진다. 자신이 모르는 현실은 꿈의 대상이 될 수 있다는 이치를 아는 이들은 미몽을 잘도 포장해 팔아먹는다.

1세기 전만 해도 한 마을에서 태어나 그 마을에서만 살다가 죽는 이들이 허다했다. 그들은 삶의 진리를 깨닫지 못하고 죽었을까? 한 마을이 아니라 몇 년씩 한 장소에서 벽만 쳐다보고 진리를 깨닫는 이들도 있었다.

여행은 여행일 뿐이다. 길을 나서는 곳마다 구루가 있고, 진리가 넘쳐흐르는 것이 아니다. 이전에 비해 더 많은 여행이 우리의 삶 속으로 들어왔을 뿐이다. 더 비극일 것도, 더 희극일 것도 없다. 페르난두 페소아가 글 속에 숨겨 놓은 요지도 그런 것이 아닐까 싶다.

이미지는 보이지 않는 곳에서 탄생한다. 그 공간을 어둠으로 여겨도 좋을 것이다. 생명체마다 어둠이 있다. 모든 이미지마다 각자의 어둠이 있다.

사물은 이미지를 갖고 있으므로 모든 사물은 어둠을 갖고 있다. 백조는 백조의 어둠이, 나무는 나무의 어둠이, 인간에게는 인간의 어둠이 있다. 밝음과 밝음이 서로 무리 지어 한 세계를 이루듯, 어둠들도 한 무리를 지어 한 세계를 이룬다.

드러난 이미지와 이미지를 낳은 어둠이 같은 영역으로 겹친 적은 없을 것이다. 두 세계가 하나로 겹쳤더라면 우리는 세계에 대하여 고민하지 않아도 된다. 보이는 대로 해석하면 보이지 않는 것에 대한 해석이 될 테니까 말이다.

몸 안에 어둠이 있고, 물결이 있고, 다르게 발화하는 문장이 있다는 것은 아름다운 일이다. 그러나 종종 그 아름다움은 학살이나 무덤에서 탄생한다. 아름다움을 위하여 학살이나 무덤을 만들기도 한다. 그래서 학살과 무덤을 연기하는 무대가 사라지지 않는지도 모른다.

이미지는 하나의 몸이고, 하나의 전율이고, 하나의 전복이다. 율법 새로 쓰기다. 하지만 보이지 않는 것들을 온전히 이해한 전복이고 율법이었으면 좋겠다.

Chapter 27.

빨간 우산

사울 레이터(1923~2013)의 빨간 우산을 보고 있었다. 우산은 아픈 기억을 여럿 품고 있는 사물. 우산이 가진 색은, 어떤 색이든 슬픔의 붓으로 내 가슴을 칠했다. 가슴에 칠해졌던 색들을 떠올리고 있는데, 빨간 우산 뒤편에서 목소리가 들렸다.

"저 빨간 우산을 제게 주시면 안 되나요? 빨간 우산을 쓰고 걸어가면, 사람들이 빨간빛에 눈을 잃어 그 아래에 있는 제 슬픔은 눈치채지 못하게 하려고요. 어떤 추억이든 제 빨간 우산 속으로만 들어오면 아무도 되찾아 갈 수 없게 하려고요.

빗방울도 함께 주세요. 너무 많이 쏟아지는 소나기는 그냥 당신이 가지세요. 건너편 미루나무 잎들이 흔들리는 모습을 지켜볼 수 있을 정도로만 빗방울을 주세요. 드럼을 두들기는 정도로는 말고 하프를 매만지는 정도로만 주세요. 가끔 1분 정도 드럼 치듯 떨구는 것은 괜찮아요. 하프를 매만지듯 내리는 부드러움이 얼마나 소중한지 느낄 수 있게 해 줄 테니까요.

잔잔하게 내려오는 빗방울로 주세요. 진흙이 온통 튀어 바짓단을 적실 정도로는 말고요. 바짓단이 살짝 젖어, 카페에 들어가 혼자 커피를 시켜 놓고 말려야 하나 말아야 하나 고민할 정도로만 뿌려 주세요.

창가에 앉아서 커피 향이 피어오르는 것도 잊은 채 빗방울을 세다가 보면 방울방울 떠오르는 사람이 있을지도 모르지요. 우산을 생각할 겨를이 없었지만, 그이는 빨간 우산을 쓰고 떠났을지도 모르지요. 그건 비밀이 된 추억이니 물어보셔도 대답은 하지 않을 거예요.

그냥 빨간 우산을 말하는 거예요. 어떤 추억도 없이 그냥 빨간 우산이요. 빨간 우산 안으로 들어가면, 추억이 깊이 숨어버려, 당신 눈에는 추억이 없는 사람처럼 보일 테니까요. 저는 그냥 빨간 우산 속의 사람이고, 얼굴이 보이지 않는 사람이지요. 비가 내리는 날이어서 눈물을 중요한 소품으로 장치해 두었다 해도 아무도 모를 테고요.

그냥 빨간 우산…… 혹시 당신도 갖고 계세요? 왜 빨간 우산이냐고요? 제 마음속 거울의 색이니까요. 모든 마음은 거울을 갖고 있고, 거울마다 색이 있어요. 저는 빨간색일 뿐이지요.

그런 걸 당신이 묻다니 이상하군요. 우산은 마음속 날씨인데, 그걸 묻다니요."

글 속으로 점점 더 깊이 들어갈수록 밖으로 나가 사람들을 만나는 일이 적어졌다. 어쩔 수 없어서라도 우산을 쓰는 일이 드물어졌다. 우산을 쓰고 비 내리는 길을 걷는 일이 그리워질 줄은 몰랐는데, 그렇게 되고 말았다.

지난가을 어느 날, 동네를 산책하려는데 비가 내리기 시작했다. 평소 같으면 돌아섰겠지만, 즐거운 마음으로 우산을 챙겨 산책을 나섰다. 우산 밖으로 보이는 하늘에서 가늘게 내려오는 빗방울들이 세계를 세밀한 빗금으로 나누고 있었다.

그 모습을 보며 생각했다. 비가 내리는 어느 순간을 멈추게 되면, 세계를 그린 그림은 가는 선들이 그려진 모습일까, 물방울들에 주목한 점묘화가 될까? 그도 아니면 빗방울에 흐릿해진 시야 때문에 우산 밖의 모든 사물이 색감으로만 살아 있는 인상화가 될까? 그런 생각을 하며 빗속을 걷는데 당신이 말했다.

"내리는 빗줄기가, 문장을 다 이루지 못한 어절들 같아."

기막힌 문장이라고 감탄하고 있는 사이에 우산 위로 빗방울이 떨어지며 후두둑 소리를 내자 당신은 다시 말을 이었다.

"우산의 경계 안이 어절語節들의 연주회장이야. 우산을 치우고 비를 맞으면 몸은 어떤 소리를 낼까?"

아, 우산 밖의 풍경이 멈춘다면 그 풍경이 어떻게 보일까를 겨우 생각하고 있을 때, 당신은 풍경을 멈추려 하지 않고 빗방울들이 어떤 이야기를 건네는지를 듣고 있었다. 고작 풍경을 눈으로 셈하고 있을 때, 당신은 우산을 풍경의 악기가 되게 했다. 당신 스스로 풍경을 연주하는 연주자가 되었다. 우산과 당신이 함께 들어 있는 풍경이 주인공이 나타난 영화 속 장면 같았다.

당신에게 또 빚을 지고 말았다.

우산을 쓰고 걸어갈 때 우리 시야에 들어오는 풍경은 평소보다 작은 크기다. 풍경이 갑자기 작아지거나 일부가 어디로 사라진 것이 아니다. 풍경의 어느 부분을 내리는 빗줄기와 우산이 가리고 있을 뿐이다. 우산과 빗줄기 때문에 평소처럼 볼 수 없게 된 풍경을 느끼기 위해서는 이제 귀를 한껏 열어야 한다.

일정한 간격으로 눈에 비치던 빗방울의 간격이 더 굵어지고 촘촘하게 느껴지기 시작한다. 요란한 천둥소리는 아니지만, 놀라운 소리가 들리기 시작한다. 굵어진 빗줄기는 마음속으로 들어온다.

사람의 마음에도 비가 내려야 소리가 만들어진다. 빗방울이 우산에 떨어지며 후두둑 소리를 만든 것처럼 말이다. 비는 소리의 창조자다. 우산은 기타이자 심벌즈고 북이다. 비 덕분에 조용했던 몸들이 소리를 내는 것이다.

메마름은 무음이다. 버석거리는 소리는 바람이 만든 것이지, 스스로 낸 소리가 아니다. 사막의 소리는 바람의 소리다. 메마름도 두 가지다. 풍경 속에 있는 메마름과 풍경과 무관한 메마름이다. 사물의 메마름과 마음의 메마름이다. 사물의 메마름은 바람과 비를 만나면 소리를 갖는다.

메마른 사물이 바람과 만나 갖는 소리는 휘어짐과 굴러감의 소리다. 낙엽이 굴러가는 것과 작은 나무토막이 굴러갈 때의 소리는 다르다. 그렇게 사물은 바람 덕분에 소리를 갖는다.

메마름이 비를 만나 내는 소리는 굴러가는 소리가 아니라 울림의 소리, 공명의 소리다. 앉은 자리에서 스스로 악기가 되는 소리다. 메마름을 버린 젖는 소리다.

마음의 메마름은 소리가 없다. 밖에서 아무리 문을 두드려도 답하지 않는다. 답하지 않는 마음은 소리를 가질 수 없다. 누군가 문을 두드렸을 때, "안녕!", "오랜만이야, 반가워!"라고 답하면, 그것이 마음의 소리가 된다.

풍경 속의 모든 것이 마음을 두드린다. 귀를 기울이시라. 마음이 우산을 받고 걸으며 비 내리는 세계에 오래 머무를 수 있도록.

앙리 마티스(1869~1954)가 그랬다고 하지. "그림을 그린다는 것은 형태에 색을 칠하는 것이 아니라 색에 형태를 주는 것이다."라고. 그래서 그는 하나의 사물을 하나의 색이 아니라 여러 색으로 구성했는지도 모르겠어.

〈모자를 쓴 여인〉(1905)이나 〈마티스 부인의 초상화〉(1905) 같은 그림을 보면 그렇잖아. 음영 이상의 것이 느껴지거든. 형태에 색을 입힌 것이 아니라, 색이 형태를 만들었을 수도 있겠다는 생각을 갖게 해 주거든.

그래서 궁금했던 거야. 그렇다면 우산을 쓰는 일은 비를 막는 일이 아니라, 작고 둥근 어느 색으로 빗방울의 어느 사이를 막아서는 일이 될 테니까 말이야.

어이없는 상상일 수도 있어. 사람이 가득한 비 오는 날의 거리를, 사람이라는 사물이 우산을 쓰고 걸어가는 것이 아니라 무수한 색들이 움직이고 있는 것으로 이해할 수도 있잖아.

우리가 보는 세상의 경계들이 사물이 경계를 짓고 있는 것이 아니라, 서로 다른 색들이 맞닿아 이루는 것을 보고 사물의 경계라고 생각하는 것일지도 모른다는 것이지.

어쨌든 우산을 쓰고 가는 일이 색을 쓰고 가는 일이라면, 비 오는 날의 풍경은 정말 많이 달라질 거야. 형태가 아니라 색을 생각하겠지. 서로 다른 색을 찾아내려고 애를 쓰게 될 거야.

세계가 온통 달라질 거야. 큰 우산 작은 우산이 아니라, 빨간 우산, 파란 우산, 노란 우산인 것이 중요하게 될 테니까.

Chapter 28.

사물의 감정

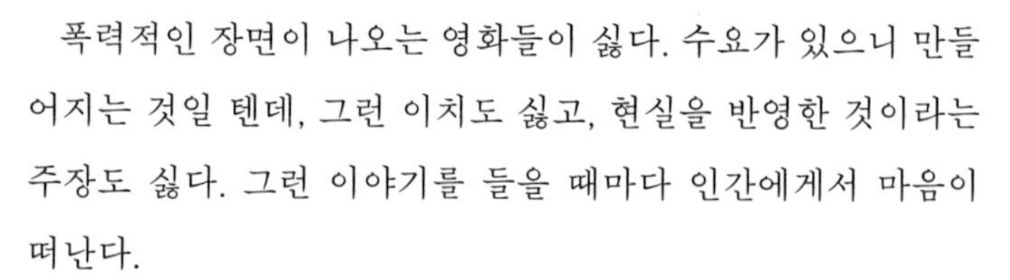

폭력적인 장면이 나오는 영화들이 싫다. 수요가 있으니 만들어지는 것일 텐데, 그런 이치도 싫고, 현실을 반영한 것이라는 주장도 싫다. 그런 이야기를 들을 때마다 인간에게서 마음이 떠난다.

떠난 마음이 다른 동물과 식물들로 향했는데, 이제 사물들로 향하고 있다. 어느 여인이 파리의 에펠탑을 사랑해서 에펠탑과 결혼을 했다고 하는데 그런 종류의 감정은 아니다.

사물도 감정이 있다. 사물에게 감정이 없다면 사물을 바라보는 중에 솟아나는 감정들이 어디서 오겠는가. 연유도 없이 생겨난 것이라고 할 수도 있겠지만, 그 감정들은 분명 사물의 감정에 전염된 것이다.

움직이지 않는 사물들 또한 생명을 가진 것들이었다. 어쩌면 움직이지 않는다 해도 여전히 생명을 갖고 있을지도 모르고,

아주 긴 생명의 여운이 남아 있을지도 모른다.

나무 탁자 속에는 나무의 감정이 여전히 남아 있다. 나무를 자른 순간에 소멸했다고 믿겠지만 그렇게 소멸하지 않는다. 우리 곁을 떠나간 이들이 사진 속에서 소멸하지 않고 존재하는 것보다 더 실체적으로 감정을 품고 있다. 그 때문에 우리는 사물들의 감정에 전염된다.

의심스럽다면 아끼는 사물들을 쓰다듬어 보면 알 수 있다. 탁자, 인형, 책, 괘종시계, 가방, 편지, 유리잔…… 그 사물들을 사랑하는 것은 사물들이 품고 있는 감정 때문이라는 것을.

우산은 감정을 낳는 사물이다. 앙리 카르티에 브레송(Henri Cartier Bresson, 1908~2004, 사진작가, 프랑스)은 독일이 2차 세계 대전에서 무조건 항복을 한 뒤인 1945년 5월, 독일 할레에서 한 장의 사진을 찍는다.

사진 속에 우산이 있다. 포석鋪石에 닿을 만큼 긴 코트를 입고 바닥을 침통하게 바라보며 걷고 있는 어린 소년이 끌고 가는 검은색 긴 우산은 소년의 표정만큼이나 슬픔을 준다.

몸에 맞지 않아서 소년을 더욱 왜소하게 보이게 하는 외투도 긴 우산도 아이의 것일 수 없는 크기다. 소년은 지금 너무 버거운 것을 지고 있다. 전쟁터에서 돌아오지 못했을지도 모르는 아버지의 짐을 지고 있다.

길고 검은 우산은 너무 아프고 버거운 유산이다. 이제 소년은 아버지의 것을 입고, 끌고, 어른처럼 살아가야 한다. 우산은 드리우는 존재다. 작은 존재들은 스스로 우산을 드리우는 것이 아니라 누군가가 드리워 준 우산 속에서 보호받아야 한다. 작은 존재들이 스스로 우산을 써야 하는 세상은 망가진 세상이다.

사울 레이터(1923~2013)도 우산을 쓴 모습을 많이 담았다. 긴 코트를 입고 눈 내리는 도시의 벽 옆을 홀로 지나치는 여인이 쓴 빨간 우산은 빨간 우산답지 않은 슬픔을 준다.

정열을 품은 우산 같지도 않고, 따뜻함이 배어 나오는 우산 같지도 않다. 외로움의 우산 같다. 빨간 우산이 지나는 벽에는 'Rock Baby Rock'이란 낙서가 있다. 그런데 경쾌한 느낌이 들지 않는다.

정열의 시간은 얼굴을 보여 준다. 웃는 얼굴을 보여 주고, 사랑에 취한 몽환의 얼굴을 보여 준다. 홀로 걷지 않고 함께 걷는 얼굴을 보여 준다. 바람을 막기 위해 앞으로 수그린 얼굴을 보여 주지 않고, 눈을 맞아도 상관없다고 우산을 제친 환한 얼굴을 보여 준다. 따뜻한 사랑의 시간을 지나고 있다면 수그린 우산 아래에 두 사람의 다리가 보폭을 맞춰 걷고 있어야 한다.

우산 아래에 한 사람이 있다. 다른 우산 아래에 한 사람이 있다. 또 다른 우산 아래에는 두 사람이 있다. 두 사람은 한 사람이다. 우산의 풍경학이다.

우산은 상처를 품은 사물이다. 한국 사진작가 중 가장 사랑하는 최민식(1928~2013, 사진작가) 선생님의 사진 이야기 『종이거울 속의 슬픈 얼굴』에 담겨 있는 1965년 부산의 모습 중에도 우산이 있다. 비 내리는 날, 생선 세 무더기 위에 조각 비닐을 덮고 자신도 비닐을 뒤집어쓴 생선 파는 젊은 여인이 있다. 그 여인의 뒤에는 대나무 살에 비닐을 씌운 우산이 있다.

우산을 쓰고는 지나가는 손님을 잡을 수 없다. 떨어지는 빗방울보다 지나가는 이를 잡지 못했을 때 쏟아져 내릴 생의 빗방울이 더 가혹하리라는 걸 그녀는 알고 있다. 비가 내려도 쓸 수 없는 우산은 가난의 상한선을 보여 준다. 그 우산은 지켜져야 한다. 그리고 동시에 벗겨져야 한다.

사진을 보고 있으면 눈시울이 뜨거워진다. 대나무 살에 푸른 비닐을 씌운 우산은 내게도 숨겨진 통점이다. 쏟아지는 비를 피하려고 500원을 주고 산 비닐우산은 소나기 앞에서 참 무기력했다. 그 무기력한 우산을 겨우 받치고, 서울의 어느 거리에서 두 시간 넘게 서 있었던 20대 초반의 내가 가끔 떠오른다. 나는 그에게 어떤 위로도 건넬 수 없다.

시간이 치유한다고 말들 하지만, 시간은 위로를 위해 흘러가지 않는다. 어떤 상처들은 시간이 흘러도 조금도 변함없는 모습으로 선연하다. 그 모습이 그대로 통점痛點이기 때문이다.

조르주 쇠라(1859~1891)의 작품 〈그랑자트 섬의 일요일 오후〉에도 우산을 쓴 여인들이 있다. 1884년 어느 맑은 날, '벨 에포크'라는 이름을 낳은 아름답고 좋은 시대의 유산을 누린 여인들이다.

여인들은 봉 마르셰Bon Marché[4]에서 그 우산을 샀을 것이다. 에밀 졸라(1840~1902)의 『목로주점』(1877) 속 제르베즈는 가져 보지 못한 우산이다. 그렇게 누군가는 갖고 누군가는 갖지 못한 우산이 있다. 그 우산은 갖지 못한 여인들의 감정을 짙게 품는다.

나의 통점, 당신의 통점, 그들의 통점을 잠시 잊자. 영화 〈사랑은 비를 타고Singin' In The Rain〉(1954)에서처럼 슬픈 이별이 경쾌한 춤이 될 수도 있다. 비는 눈물과 어울리는 감성의 존재지만, 비가 내리는 세상이 온통 눈물의 감성으로만 채워질 수는 없다. 눈물로 채워져서도 안 된다.

세상은 우산이 걸어가는 곳이다. 동요 〈우산 셋이 나란히〉 속 가사처럼 "이슬비 내리는 이른 아침에 우산 셋이 나란히 걸어"가는 곳이다. "파란 우산, 검정 우산, 찢어진 우산"이 걸어가는 곳이다. 더 많은 색의 우산이 있어도 좋다.

내일은 빨간 우산을 쓰고 바람쐬는길을 튀어 오른 물방울처럼 경쾌하게 걸어보고 싶다. 통점을 매만지는 기억만으로 생을 살 수는 없는 일이다.

---

4. 1852년 프랑스에 세워진 세계 최초의 백화점. 에밀 졸라(1840~1902)는 봉 마르셰가 등장하는, 1883년 발표한 소설 『여인들의 행복 백화점』을 통해서 백화점이 세상을 어떻게 바꾸었는지를 보여 준다.

사물은 형상에 따라 다른 감정을 갖게 한다. 이제는 흔하게 찾을 수 없는 공간이 되었지만, 살았던 도시에서마다 헌책방을 찾아다녔다. 대전 살던 시절에는 헌책방에서 구입한 낯선 책을 통해 클로드 레비 스트로스(Claude Levi Strauss, 1908~2009)를 처음 만났고, 광주 살던 시절에는 헌책방에서 『한국 가요 대백과』 2권을 구했다. 친구에게 선물로 주었기 때문에 이제는 갖고 있지 않지만, 그 책들을 만났을 때 색다른 감정에 빠졌던 것은 기억이 난다.

수집했던 사물들이 있다. 이사할 때마다 그 사물들은 버려야 했는데, 그때마다 고통스러웠다. 뒤끝 없이 시원한 감정이 들었던 때는 한 번도 없었다. 머리로는 버리는 것이 옳다고 생각해서 버린 것이었지만, 감정으로는 한 번도 버려야 한다는 주문에 승복한 적이 없었다.

사물을 가지려고 했던 처음부터 사물에 대해 감정이 생겨났고, 시간이 흐를수록 처음의 감정 옆에 새로운 감정까지 자라났다. 어쩌면 물건을 버리게 된 것은 사물이 갖게 된 복잡한 감정들을 견디기 어려웠기 때문인지도 모른다.

사물을 가까이 두면 감정은 내내 가까이 있게 된다. 소유한다는 것은 사물이 갖게 되는 감정을 견디는 일인지도 모른다.

Chapter 29.

옛날과 과거는 다르다

충북 보은에서 태어났으나 함경도(외가)와 강원도 북쪽인 평강군 현내면 문산리 55번지가 뿌리이고, 시대의 잔혹한 부침에 깊은 상처를 입으며 중국, 북한, 남한에 흩어져 디아스포라Diaspora로 살아야 했던 심란한 가족사를 갖고 있어서 '고향'에 대해 남들과 다른 느낌으로 살아왔다.

증조부께서 묻혀 계신 강원도 횡성군 강림면 강림리(신선골)에서 태어나셨을 할아버지가 어떻게 더 북쪽의 평강군으로 가셨는지는 알 수 없다. 할머니의 고향이 보은이었기 때문에 보은에서 내 역사가 시작되었다는 정도가 내가 아는 전부다.

디아스포라에게도 과거의 공간은 존재하지만, 그 공간은 옛날 공간일 수 없다. 옛날의 공간이라면 깊은 뿌리가 있어야 하는데 디아스포라의 뿌리는 가느다란 흔적으로만 남아 있을 뿐이다.

파스칼 키냐르(1948~)는 『옛날에 대하여』(2002)에서 과거는 바꿀 수 있는 존재이지만 옛날은 바꿀 수 있는 존재가 아니라고 썼다. '과거'와 '옛날'이 의미가 같은 단어라고 생각했다면 혼란스러울 것이다.

과거와 옛날 모두 지나간 시간인데, 어째서 다르다는 것일까? 과거는 시간의 흐름 속에 있는 어느 부분이다. '과거—현재—미래'라는 흐름의 등식을 '옛날—현재—미래'라는 등식으로 바꾸어 놓을 수 없다. 과거는 시간이지만, 옛날은 시간이 아니기 때문이다.

과거와 옛날은 생각보다 큰 차이를 갖고 있다. 옛날도 분명히 지나간 시간 속에 자리한 것이지만, 시간이 아니고 풍경이다. 향수병은 과거라는 시간 때문에 생기는 것이 아니라, 옛날이라는 공간과 풍경에 대한 그리움 때문에 생긴다. 그래서 옛날은 바꾸지 못한다. 옛날이 바뀔 수 있는 존재라면 향수병은 그 근원을 잃고 헤매게 될 것이다.

그림을 그리지 못하는 사람들은 풍경으로 찍힌 옛날을 다른 이들에게 언어를 통해 들려줄 수밖에 없지만, 시각적으로 보여 줄 수가 없어서 택하는 궁여지책일 뿐이다. 들마루에 누워 옥수수를 먹으며 말매미 울음소리를 듣던 그 여름날을 어떻게 시간적 계산을 담은 언어로 설명할 수 있겠는가. 듣는 이도 상상력을 한껏 발휘해야만 서로 옛날에 관해 이야기를 나눌 수 있다.

옛날과는 달리 과거는 언어로 설명이 가능하다. 구로사와 아키라(1910~1998)의 「라쇼몽 羅生門」(1950)에서처럼 증인들은 하나의 시간에 대해 다른 이야기를 한다. 증인이 많아질수록 과거는 변검變臉처럼 점점 더 많은 얼굴을 갖는다.

과거가 명확하려면 단 한 명의 증인만 있어야 한다. 하지만 증인이 한 명인 과거는 없다. 그렇게는 과거가 성립되지 않는다. 설령 홀로 증인으로 남았더라도 과거를 들어 줄 누군가가 필요하다. 없다면, 도플갱어Doppelgänger라도 소환해야 한다.

문 두드리는 소리가 들린다. 그림자 하나가 문 앞에 서 있다. 과거의 그림자일까, 옛날의 그림자일까? 인간은 옛날의 증인이기도 하고 과거의 증인이기도 하지만, 나는 과거의 증인이기보다는 옛날의 증인이고 싶다.

TV를 켜면 수많은 사건이 속속 이어진다. 폭탄이 터지고, 태풍이 불고, 홍수가 나고, 산불이 나고 있다. 도무지 증인이 되는 일을 피할 수 없다. 그 사건이 역사에 기록되는 동안에 그 자리에 없었는데도 불구하고 우린 증인일 수밖에 없다.

세상일을 아무리 모른 척하고 살고 싶어도, 세계가 끊이지 않고 사건을 만들어 내서는 그 영상을 막무가내로 눈앞에 틀어 놓고 '너는 절대로 무관하지 않다.'고 강요하는 시대에 살고 있기 때문에 강제적으로 증인이 되고 만다. 사건에 대해 어떤 논평도 하고 싶지 않다고 거부해도, 거부 자체로 방관적 증인이라는 윽박지름을 당한다.

뉴욕의 쌍둥이 빌딩이 무너진 일이나, 소말리아 내전, 우크라이나와 러시아의 전쟁, 아이슬란드의 화산 폭발과 방글라데시의 홍수에 대한 어쩔 수 없는 증인이기도 하지만, 우린 또 다른 중대한 사건의 증인이다.

그 일들은 '옛날'의 세계에 속하는 일이 아니다. '과거'에 속하는 일이고, 과거는 증인으로 삼으려고 우리를 꼼짝하지 못하도록 붙들어놓는다. 그래서 과거의 증인이 되고 싶지 않은 것이고, 다른 증인이 되기 위하여 한옥마을을 지나 대성동과 색장동으로 이어지는 바람쐬는길로 간다.

길을 걷는 중에 스쳐 지나간 자전거 세 대, 행인 네 사람, 구름 일곱 점, 바람 여덟 줄기, 나비 다섯 마리, 왼편으로 갔다가 다시 오른편으로 기울어진 꽃 스물세 송이, 개 짖는 소리 칠 초……. 그 중대한 사건에 대해서 나는 증인이다.

그것들이 전쟁만큼이나 중대하게 기록되면 안 되는 이유가 있을까? 바람쐬는길의 풍경을 보며 파문이 다가오듯 연이어 다가온 생각들을 논평하는 일이 무가치하다고 할 수 있을까?

스펙터클한 사건이나 거대한 자연재해로 세계의 천칭이 한쪽으로 기울어지지만, 아주 작은 무게로도 세계의 천칭은 기울어진다. 심지어는 짧은 한숨으로도 세계는 기울어진다. 나비 효과Butterfly Effect를 말하는 것이 아니다.

세계는 큰 사건, 작은 사건 가리지 않고 반응하며 움직인다. 어떤 사건들은 사람들의 개입을 기다리지도 않고 스스로 움직인다. 우리가 아무것도 하지 않는 순간에도 세계는 제멋대로 움직이고 사건들을 일으키며 자신의 길을 간다.

그러니 우리가 개입할 수 없는 사건들까지 증인이 되어야 한다는 강박감에 시달릴 필요가 없다. 주위 사람들을 증인이 되도록 강요할 필요도 없다. 알아서 제 길을 가는 세계의 관성이 존재하듯이, 우리도 타인도 각자의 관성대로 길을 갈 수 있다. 각자의 시간과 공간, 사건을 선택하여 마음에서 우러난 증인이 될 수 있다면 행운일 뿐이다.

한옥마을 옆동네에 있는 바람쐬는길에 가서 자전거를 타거나 물속을 들여다보는 것은 물짐승들이나 꽃들의 삶의 증인이 되고 싶은 때문이다.

증인이 되어 주겠다고 사진을 찍고 찬사의 글을 올리지만, 물짐승이나 꽃들은 내가 증인이 되는 것에 대해 신경 쓰지 않는다. 어쩌면 그들은 전 세계 사람들을 깜짝 놀라게 한 사건의 증인들에 대해서도 전혀 관심이 없을 것이다. 저절로 굴러가는 자전거를 탄 것처럼 생을 굴려 갈 것이다.

그런 일들은 '옛날'속으로 들어간다. 나는 오로지 그 세계의 증인만 되고 싶다.

불멸하려면 과거 속에 살아 있어야 한다. 미래 속에서도 살아 있어야 한다. 불멸의 생존 방식은 기억이다. 기억은 시간에 비례하지 않는다. 나는 지금도 오래전의 어느 찰나를 기억하고 있다. 내가 죽기 전까지 그 순간은 사라지지 않을 것이다.

지금까지 살아낸 숱한 시간이 기억 사이의 크레바스에서 죽었다. 지평을 걸어가다가 어느 지점이 흐릿해지고, 부분부분 경계를 정할 수 없는 혼재가 나타나는 것은 틈 때문이다. 불멸하는 것은 촛불을 켜고 기억 사이의 깊은 틈을 건너고, 불멸하지 못하는 것은 깊은 틈 속에 빠진다.

인간의 기억은 멸종을 향해 간다. 그가 남기는 문학과 예술, 사진만이 기억을 불멸하게 한다. 하지만 누가 본다는 것인가? 불멸의 나무는 연약하다.

불멸의 나무가 자라는 곳은 언제나 사막과 너무 가깝고, 기억의 잎을 틔우는 비는 거의 내리지 않는다. 사막이 되어 가고 있던 땅에 갑자기 비가 내리고, 죽어 있는 것처럼 보였던 나무가 잎을 틔우는 일은 아주 드물다.

너무 많은 것들이 피어나는 세상이다. 불멸의 방식 또한 여러 가지로 시도되는 세상이다. 진짜 깊은 뿌리를 가진 방식은 그중 소수에 불과하다. 안심할 수 없다. 무리 속에서 불멸의 방식이 존중받지 못하면 무리는 멸종된다. 몸은 사라지지 않을 수 있겠지만 기억이 사라진다. 기억이 사라진 존재는 존재하는 것이 아니다.

나는 자연이라는 역사 속으로 들어가고 싶다. 이곳에서 얻은 방식은 모두 가짜였다.

Chapter 30.

손가락 속의 존재

컴퓨터 자판을 칠 때 전보다 오타가 많아졌다. 한동안 '민주주의'가 '민좆주의'로 쳐지더니, 요즘은 '생각'이 '생까'로 쳐진다. 생각이란 게 생까는 것과 다르지 않은 줄은 알지만 대놓고 나오면 곤란하다. 다음에는 어떤 오타가 만들어져 곤혹스럽게 할지 걱정이다.

손가락과 머리 사이의 소통이 원활치 않은 것인지, 손가락이 더는 머리의 지시를 따르지 않고 독자적인 문자 세계를 꿈꾸고 있는 것인지 알 길이 없다.

손가락이 혁명을 꿈꾸고 있는 것이라면 큰일이다. 입을 잘못 놀려 설화舌禍를 겪는 일이 일어나는데, 손가락이 제멋대로 자판을 놀려 지화指禍를 일으킬지도 모르니까.

머릿속 기억에서는 사라져도 몸은 기억할 수 있다는 글을 어디선가 읽은 적이 있다. 기억은 머릿속의 생각만이 가진 특별한 존재라고 생각했는데, 생각(정신)과 감각이 자기만의 기억을 따로 갖고 있다는 생각이 놀랍게 다가왔다. 정말로 손이 자신만의 기억을 갖는지 궁금했는데, 지금은 그 말을 철석같이 믿는다.

마치 다른 누군가의 지시를 받는 것처럼 내 의지와는 다르게 손이 움직이는 순간이 있다. 머리와 손 사이의 소통이 끊어졌다고 생각한 순간에도 손이 생각과 다르게 움직이고 있는 걸 보면 분명 손이 나 모르는 영혼과 세계를 따로 가진 것이 분명하다는 확신이 든다.

심리학자는 몸의 언어로 심리를 읽는다고 한다. 당연히 손도 빠질 수 없다. 하지만 추측할 뿐이지, 손의 언어를 정확하게 문자로 번역하는 것은 불가능하다. 사람마다 남들과 다른 손의 습관과 반응이 있을 텐데 그걸 정교하게 문자화하는 건 불가능하다. 자신들의 권위를 세우려는 것일 수 있다. 감히 손의 언어를 이해한다니! 그런 문자는 존재하지도 않는다.

TV에 출연한 이들이 말을 하고 있을 때의 손동작을 보면 그가 어떤 역할을 하고 있는지, 어떤 연극을 하고 있는지 알 수 있다는 얘기가 된다. 그런 순간, 그의 의식이 손을 지배한다고 믿기 때문이다. 과연 그럴까? 온전히 다 지배할 수 있을까?

언어가 의식 전체를 상징하지 못하듯 손 또한 그렇다. 조심하라. 손은 다른 생각을 하고 있으니, 오늘 밤 그대의 손이 그대의 목을 조를 수도 있으니!

손가락을 바라보다가, 손가락이 노란색 두꺼운 전화번호부를 뒤적이던 모습이 떠올랐다. 이제는 모두 사라졌지만, 거리 곳곳에 공중전화 부스가 있었고 그 안에 커다랗고 빨간 전화기가 있었다. 그리고 전화기 옆에는 가는 철 고리에 꿰인 전화번호부가 걸려 있었다.

무수한 이름들이 적나라하게 나열되어 있던 시절이었다. 못된 녀석들은 무작위로 전화를 걸어 욕설을 퍼붓고는 끊던 시절이었다. 누가 전화했는지 알 수 없었던 시절이었으니까.

신년이 다가오면 전화국 직원들이 공공 기관이나 사업하는 사람들을 찾아다니며 광고를 따냈고, 그 돈으로 두껍고 노란 전화번호부를 만든 뒤에 집집마다 배포했다.

언젠가 그 속의 이름들을 손가락으로 천천히 훑어 내려가며 번호를 외운 적이 있었다. 어쩌면 이름과 번호를 외운 것은 머리가 아니라 손가락들이었는지도 모른다. 이름이 생각나지도 않는데 두 번째 손가락이 전화번호 다이얼을 돌리고 있는 것을 여러 차례 경험했다.

이제 이름들은 숨어 버렸고, 손가락은 이름을 더듬던 감각을 잃어버렸다. 머리가 어떤 추억을 떠올리는 동안에도, 손가락이 맞닿았던 온기를 떠올리는 일은 재연되지 않는다.

사라진 공간, 사라진 사물, 사라진 사람, 사라진 시간……. 머리는 그 사라진 것들을 기억하는 방식을 갖고 있다. 심장도 저만의 방식을 갖고 있다. 눈도, 코도, 귀도 저만의 방식을 갖고 있다. 그처럼 손도 기억이 방식을 갖고 있을 것이다.

그리움도 따로 갖고 있을 것이다. 어느 추억의 공간에서 맡았던 꽃향기에 코와 심장이 젖어 들어가는 것처럼, 손도 어느 곳을 만졌다가 그리움에 저 홀로 젖어 들어갈 것이다.

가만히 손가락들을 하나하나 구부려 본다. 엄지, 검지, 중지, 약지, 새끼손가락. 다른 이름들도 있었다. 대지, 인지, 장지, 무명지, 계지. 이름들이 따로 있다면 기억도 따로 있을 것이다.

보리스 파스테르나크(1890~1960)의 소설 『닥터 지바고』를 영화화한 〈닥터 지바고〉에서 가장 긴 슬픔의 여운을 준 장면은 썰매를 타고 떠나는 라라를 바라보던 유리 지바고의 모습이 아니었다. 전철 옆을 지나치는 라라를 발견하고 가슴을 부여잡고 숨을 거둔 유리가 등장하는 장면도 아니었다.

질기고 아팠던 인연들이 모두 떠나고, 유리의 동생이 유리와 라라의 딸을 찾은 장면이었다. 어쩌면 슬픈 여운은 그 만남이 아니라, 유리의 딸이 애인과 함께 멀어져 가는 마지막 순간에 그녀가 어깨에 메고 있던 발랄라이카 때문이었는지도 모른다. 발랄라이카 때문도 아니고 거기서 흘러나온 슬픔 음조 때문이었는지 모르고.

눈앞에 있던 영상들이 시간에 실려 사라지고, 인생에 던져진

가혹했던 순간들도 사라지고, 눈물을 훔치며 걷던 거리들도 사라지고, 그걸 기억했던 주변의 사람들이 사라지고, 그 모든 것들이 사라졌을 때도 음악은 흐를 것이다.

가냘픈 손가락이 발랄라이카를 세심하게 어루만질 때 그런 일이 일어난다. 그 손가락이, 모든 지나간 날들의 사건과 감정을 공명통 속에 자신만의 기억법으로 새겨 넣기 때문이다.

그 손가락이 연주하기 시작하면 지난 사건에 배인 슬픔과 사연이 잠시 풀려났다가, 연주가 끝나면 다시 손가락 속으로 들어가 침묵한다. 그때를 위하여 유리는 시를 썼을 것이다.

나는 유리가 된다. 발랄라이카가 된다. 발랄라이카에서 흘러나온 선율이 된다. 그러지 않고서는 저 길고 차가운 바람이 몰아치는 긴 길을, 얼어 버린 손가락을 품에서 녹이며 걸을 이유가 없다.

문학은 음악을 위해 헌신해야 한다. 음악처럼 헌신해야 한다. 이스마일 카다레(Ismail Kadare, 1936~, 알바니아, 소설가)가 말하지 않았나. "세상이 문학을 파괴하려 할지라도, 문학은 세상을 더 아름답고 살 만한 것으로 만들기 위해 애쓴다."고.

그 애씀의 가장 아름다운 길에 음악과 함께 걸어가는 문학의 모습이 있을 것 같다.

최초의 땅을 발견했을 때, 손가락이 가장 먼저 그곳을 가리킨다. 손가락이 가장 먼저 앞서 있다.

하나의 땅을 발견했을 때만 최초의 발견자가 탄생하는 것이 아니다. 모든 곳, 모든 시간에서 누군가는 최초의 발견자가 된다. 새로운 사물을, 새로운 생각을, 새로운 감정을 발견한다. 그 실체를 확인하는 것은 손가락이다.

발견된 것은 처음부터 존재했던 것이기도 하고, 모두가 알고는 있지만 누구도 입 밖으로 그 이름을 말하지 않은 것이기도 하다. 무수히 존재하는 것들의 모태이기도 하고, 무수히 존재하는 것들이 향후 불러올 검은 구름이기도 하고, 검은 구름이 태풍이 되어 휩쓸고 간 자리에 남은 자국이기도 하다. 손가락이 그것들을 가리키고 내용을 결정한다.

누군가는 최초의 발견으로 의기양양하게 레드 카펫을 밟고, 누군가는 최초의 발설로 형극의 길을 간다. 그걸 알리는 일도 손가락이 한다.

인간은 외친다. 모두가 간절히 바란 외침이라면 모든 이가 최초의 외침을 향하여 일제히 고개를 돌리고 손가락으로 가리키며 경탄할 것이고, 건드리지 말았어야 할 것을 외친 것이라면 일제히 고개를 반대로 돌리고 손가락으로 단두대를 가리킬 것이다.

세계는 손가락들이 결정했다.

Chapter 31.

서툰 조각가들

다른 세대 시인들이 사물을 묘사한 글을 읽고 있다가 내가 알고 있는 사물들을 묘사한 것이 아니라는 생각이 들 때가 자주 있다. 사물과 맺은 관계가 다를 수밖에 없기 때문일 것이다.

어쩌면 나도 이전 세대들이 이해했던 것과는 다르게 사물을 묘사했는지도 모른다. 그 세대는 내 글을 보며 사물의 형상과 의지를 제대로 이야기하지 못하고 있다고 질타할 수도 있다.

미켈란젤로(Michelangelo Buonarroti, 1475~1564)는 "조각가가 하는 일이란 돌 속에 들어 있는 형상을 해방하는 것뿐이다."라고 말했다. 글에도 사물이 등장할 수밖에 없는데, 글을 쓰는 일에도 사물 속의 형상을 해방하는 일이 포함되어 있을까?

돌 속에 형상이 있고 그 형상을 해방시키려 한다면, 돌 속에서 형상이 어떤 모습을 취하고 있는지를 먼저 알아야 한다. 팔을 들고 있는지, 가부좌를 틀고 앉아 있는지, 비스듬히 누워 있는지, 꼿꼿하게 서 있는지를 알아야 한다. 고뇌하고 있는지, 전의를 불태우고 있는지, 조용한 시간을 꿈꾸고 있는지를 알아야만 돌 속의 형상을 제대로 해방시킬 수 있다.

눈에 어떤 형상이 보인다고 해서 해방시킬 수 있는 것도 아니다. 돌 속의 형상과 인간이 생각한 형상이 같은 모습일지는 확신할 수 없다. 돌 속에 들어 있는 형상은 인간의 상상이 닿을 수 있는 것보다 오랜 시간의 굴곡을 갖고 있다.

인간이 해방시키려는 돌 속의 형상은 환시幻視나 착시錯視로 붙든 형상일지도 모른다. 겨우 돌의 세계를 깨뜨리지 않을 결을 거스르지 않은 정도일 수 있다. 돌이, 자신 안에 들어 있던 형상을 드러내고 싶어 하는지도 알 수 없다. 그런 생각조차 돌에게는 무의미할지 모른다.

미켈란젤로는 서툰 조각가들이 돌의 세계를 부수는 것을 경계하느라 그런 말을 했을지도 모른다. 솜씨 서툰 조각가들이 함부로 흉내 내지 않도록 돌의 세계를 먼저 깊이 이해하기를 바라는 마음으로 그런 말을 했을 것이다.

조각을 대하는 미켈란젤로의 마음은, 날카로운 정과 망치를 들고 경계의 마음을 조금도 갖지 않고 세상을 조각하려고 달려드는 서툰 조각가들에게 주는 선물이지만 정작 서툰 조각가들은 그 말의 의미를 이해하지 못한다.

시인들도 섣불리 문장을 쪼는 정을 들지 말아야 한다. 돌 속에 들어 있고, 꽃 속에 들어 있고, 물결 속에 들어 있는 문장들을 해방시킬 수 있는 오랜 도제의 시간을 보낸 뒤에야 비로소 돌과 꽃, 물결 앞에 서야 한다. 그런 자세로 사람의 마음 앞에도 서야 한다. 조심스럽게 삶의 형상을 읽어 내야 한다. 결을 하나도 거스르지 않으면서 읽어 내야 한다.

기억은 성城이다. 그 성은 하나하나의 돌이 쌓여 이루어졌다. 그런데 성을 짓는 건축가는 난생처음 성을 지어 보는 아주 서툰 건축가다. 운이 좋은 것은 그 건축가가 자신이 서툰 것을 잘 알고 있어서 어느 재료도 함부로 버리지 않는다는 것이다. 아귀가 잘 맞는 돌도, 잘 맞지 않는 돌도 버리지 않는다. 나는 그런 건축가의 도제였던 것 같다.

떠나간 이들과 얽힌 기억들도 마찬가지다. 어딘가에 보관되어 있다가 잊히거나 어느 순간 살아난다. 가장 분주하고 출입이 잦았던 공간에 사랑하는 이가 살았을 것이다. 그가 떠나고 난 뒤에 그 공간의 문이 굳게 닫히면, 기억은 먼지에 서서히 묻힌다. 하지만 사라지지는 않는다.

그러다가 불시에 누군가의 질문으로 인해 덮였던 먼지가 날리고 까맣게 잊고 있던 어느 사건의 기억이 봉인을 풀고 흘러나온다. 모두가 일시에 흘러나오지는 않는다. 스포트라이트가 배우들을 하나하나 옮겨 가며 비추듯이 소환된 사건의 이미지들이 하나하나 환하게 도드라지며 무대에 나타난다.

일부러 애를 써도 모든 돌이 환하게 밝아 오지는 않는다. 신은 우리에게 살아남을 몇 개의 비법들을 선사했다. 한 번에 모든 것을 기억하게 하지 않는 것도 선물 중의 하나다.

우리가 할 수 있는 것은, 다락에 쌓아 두었던 상자의 먼지를 털고 그 안을 다시 들춰 보는 것처럼 기억을 싼 포장을 벗기는 것이다. 포장 속이 드러나면 왈칵 눈물을 쏟거나, 환하게 웃거나 하여 기억의 돌을 다시 맑게 닦아 놓는 것이다. 어쩌면 우리가 기억을 사랑하는 것은 너무 서툴렀기 때문인지도 모른다.

그것은 행운이다. 만약 우리가 기억을 정교하게 조각할 수 있는 능력을 지닌 건축가라면, 불필요하다고 느낀 것들, 기억하기 싫은 것들을 모두 버렸을 것이다. 하지만 그런 건축가는 가장 형편없는 건축가로 판명날 것이다. 성의 중대한 부분이 부서져서 보수를 해야 하는 상황이 되었을 때, 채워 넣을 것들이 모두 버려져 보수를 할 수 없게 되었다는 것을 깨닫는 건축가일 테니까. 나는 그런 건축가의 도제이기도 했던 것 같다.

두들링 아트Doodling Art라는 것을 접했을 때, 명칭은 낯설었지만 형식은 낯설지 않았다. 작품들을 살피다 보니, 유사한 형태였다고 고집하기는 어렵지만 학교 다니던 시절에 노트에 긁적였던 낙서와 사소한 이미지들이 떠올랐다.

사소함은 정말 사소함에만 머무르는 것일까? 내 기억 속에는 남들에게 말하지 못한 낙서 같은 것들이 밤하늘 별만큼이나 많다. 그것들은 하나같이 사소한 이야기들이다.

너무 사소해서 커피 한 잔이나, 술 한 잔 따라 놓고 분위기를 잡아 서두를 꺼낼 만한 것이 되지 못한다. 이를테면 초등학교 시절에 어른들이 모두 일하러 간 사이에 아이들끼리 모여 막걸리를 나눠 마신 뒤에 취해서 돌아다닌 일, 그 밤에 오줌을 싼 일, 쥐불놀이를 하다가 동네 후배가 아버지 호주머니에서 몰래 가지고 나온 담배 한 개비를 돌아가며 처음으로 피워 본 일.

그런 사소한 일은 그림으로도 조각으로도 남길 수 없을 것 같다. 하지만 신을 찬양하는 위대한 조각, 신의 놀라운 피조물인 인간의 아름다움을 극찬한 위대한 그림들만이 미술사를 장식한 것은 아니다. 사소함이 미술 사조로 등장한 때가 있었다.

일상성에 주목한 앵티미즘Intimisme은 사소함에 아우라를 발라 놓은 것이었다. 지금의 관점으로 보면 별것 아니지만, 에두아르 비야르(1868~1940), 피에르 보나르(1867~1947)의 시대에는 사소한 일상의 모습이 별것이었다. 그토록 별것이었던 것을 별것 아닌 걸로 여기고 사는 시대가 바로 우리 시대다.

우리 시대는 장엄한 시대이고, 뭔가 굵직한 시대이고, 진지한 것들만 후광을 하나씩 둘러쓰고 행진하는 시대라고 생각할 수도 있다. 전 세계에서 들려오는 소식을 들어 보면 그런 시대인 것 같기도 하다.

만약 TV가 꺼지고, 손안의 스마트폰이 작동을 멈추게 된다면, 그때도 우리 시대를 장엄, 거대, 스펙터클의 시대라고 생각할 수 있을까? 어쩌면 그것들이 채우고 있다고 생각했던 자리를 사소하고 작은 조각품들이 채우고 있는 것을 발견하게 될지도 모른다.

아니었으면 좋겠지만, 우리 시대가 정말로 거창한 시대라면 그런 시대에는 어떤 삶의 체위로 개인의 역사를 장식해야 하는 걸까. 123층 전망대에서 서울을 내려다보는 시선의 체위, 할리데이비슨Harley-Davidson의 진동을 느끼며 해안 도로를 질주하는 체위, 찢어진 바지 틈 사이로 스며드는 사이키델릭Psychedelic 음률에 흔드는 체위 같은 것이어야 할까?

다른 체위는 어떨까. 가시연꽃을 한참 들여다보다가 저 가시에 찔리는 사랑을 하고 말지도 모른다는 불안함에 떠는 체위, 왜가리가 한 발만 들고 서 있는 걸 보고 따라하다가 기우뚱 넘어졌다가 아닌 척 풀을 뒤적이는 체위, 단풍잎부용 앞에 앉아서 왜 이 꽃은 보라색 히비스커스를 떠오르게 할까 궁금해하는 체위, 그런 체위는 어떨까?

나는 인간이 아닌 것 같다는, 상상력이 만든 움직이는 조각이라는 생각이 들 때가 있다. 그래서 괜스레 스스로에게 물어보는 것이다. "세상은 서툰 조각가가 가득한데, 너를 만든 위대한 조각가는 대체 누구니?" 너무 오만한 조각품인가? 하지만 당신도 지금 그렇게 묻고 있을 것 같다. 아니면 말고.

Chapter 32.

두 개의 창

알 없는 안경을 쓴 이들을 볼 때마다 왜 저럴까 싶었다. 눈이 창이니, 창을 하나 더 두려는 건지도 모른다. 두 개의 창으로 당신을 보고 있다는 걸 말하려는 걸까, 두 개의 창을 갖고 있어서 당신을 보는 일을 놓치고 말 수도 있다는 걸 말하려는 걸까? 알 수 없다.

사진은 빛과 사물이 사람의 눈과 기계 장치의 이중의 창을 통과한 순간의 기록이다. 어느 눈이 먼저였을까? 카메라의 눈이 먼저였을까, 사람의 눈이 먼저였을까? 어느 눈이 먼저 빛과 사물, 풍경을 발견했는가에 따라 사진이 달라지기는 할까? 아니면 순서에 상관없이 전혀 달라지지 않는 걸까?

도수가 더 높은 안경으로 바꿔 쓰고, 앙리 카르티에 브레송(Henri Cartier Bresson, 1908~2004, 프랑스)과 최민식(1928~2013)의 사진을 보다가 눈이 자신만의 유산을 남긴다는 걸 깨달았다.

몸의 어느 부분이 유산을 남겼던가. 손은 그림을, 조각을, 글을, 음악을 남겼다. 발은 무엇을 남겼나. 길에 흔적을 남겼겠지만 남겼는지 알아볼 수도 없고 남아 있지도 않을 것이다.

코는 귀는 혀는 무엇을 남겼나. 기억만으로 무엇을 남겼는지 회상되겠지만 너무 허약한 증거일 뿐이다. 심장은 무엇을 남겼나, 간과 폐는, 신장은……. 눈만이 가장 충실하게 유산을 남긴다.

브레송과 최민식의 눈이 남긴 유산은 다른 이들이 남긴 유산보다 아주 오래 살고 있다. 전쟁이 끝나고 커다란 외투를 바닥에 질질 끌며 우산을 들고 걸어가던 독일 할레의 1945년 5월의 소년은 아직도 고개를 숙인 채 그 거리를 걷고 있다.

부서진 대나무 비닐우산을 쓰고 카메라를 바라보던 1967년의 부산 소녀는 아직도 부산의 그곳에서 우리를 바라보고 있다. 생선을 팔고 있는 1979년의 부산의 노점상들은 아직도 거리에서 생선을 팔고 있다.

눈이 물려받은 사람들은 조금도 늙지 않고 그때 그 자리에 살고 있다. 눈이 물려받은 할레의 거리와 부산 자갈치시장은 지금의 모습은 상관하지 않고 제 시간에 존재하고 있다. 눈은 오로지 현재를 물려준다. 과거를 물려주지 않는다.

한옥마을 거리를 걷다가 더는 손님이 들 것 같지 않은 낡은 영화관을 만났다. 영화관을 지나치려다 멈추었다. 벽에 그려진 아름다운 여인의 얼굴이 낡아 가고 있었다. 맨 처음 그녀의 얼굴이 벽의 창이 되었을 때, 그녀는 오래도록 늙지 않았다. 벽이 서서히 늙어 가며 그녀의 얼굴도 늙어 갔다. 하지만 주름의 방식이 아니었다. 탈색의 방식으로 늙어 갔다.

이제 두 개의 창으로 또 무엇을 보고, 무엇을 남길까. 두리번거린다. 아주 세심하게 두리번거리다 보면 보이지 않던 것을 볼 수 있을지도 모른다.

그토록 신비한 눈을 가졌으니 부디, 두 개의 창을 소중히 하시길. 그 두 개의 창이 이 땅에 잠시 왔다가 떠났다는 것을 말해 줄 증인이 될 테니.

시골집 유리창은 간유리였다. 커튼이 흔치 않던 시절이라 밖에서 안을 들여다볼 수 없도록 간유리창을 단 집들이 많았다. 간유리창은 표면이 매끈하지 않아서 겨울이 되면 밖이 훤히 비치는 맑은 창과는 사뭇 다른 그림을 보여 주었다.

밤새 속리산 쪽에서 불어오는 칼바람을 견딘 유리창에는 성에가 나무 모양으로 자라나며 신기한 그림이 탄생했다. 간유리창의 '성에나무'는 매일매일 모양이 달라졌다. 겨우내 하루도 같은 모양을 보여 준 적이 없었다.

세계를 생각하고 판단하는 일도 간유리창이 만든 성에나무를 감상하는 일과 비슷할지 모른다. 성에나무들은 간유리창 너머의 세계가 그대로 투영된 것이 아니었다. 눈에 보이지 않는 매서운 공기의 흐름이 만든 것이라 실상을 반영하면서도 실상과 차이가 있는 형상이었다.

우리가 사는 세계가 만들어 낸 형상이 나무 같은 모습과 형질로만 존재한다고 판단할 수는 없는 일이다. 실상을 담아낸다고 믿고 있는 카메라가 만들어 낸 이미지도 그럴지 모른다. 카메라가 속일 수 없는 명징한 모습을 보여 준다고 하지만, 카메라를 들고 있는 이들을 보면 간유리창을 들여다보던 시간이 떠오른다.

카메라를 통해 들여다보는 세상은 하나의 창으로 보는 세상이다. 풍경은 정지된다. 아주 짧은 시간에 많은 사진을 찍어 동영상처럼 보이게 만들기도 하지만, 엄밀하게는 정지된 풍경이다. 그 풍경을 시간적 간격을 최대한 줄여 이어 놓은 것일 뿐이다.

우리가 사진을 통해 정지시킨 풍경에는 보이는 것보다는 보이지 않는 정보와 이야기가 훨씬 더 많이 들어 있다. 만약 습지의 갈대 사이에서 지저귀고 있는 개개비를 찍었다면 참새와 닮은 새 한 마리의 모습이 드러날 뿐이다. 늦은 봄에 한국을 찾아왔다가 겨울이 오기 전에 따뜻한 곳으로 떠나는 개개비의 이력을 그 모습만으로 모두 읽어 내기는 어렵다. 개개비들이 아주 풍부한 언어를 구사하는 놀라운 언어 마술사라는 점은 더더욱 읽어 내기 어렵다.

낡은 사물을 찍었을 때, 눈에는 보이지 않지만 그 모습 속에는 사물이 한창 때였다가 점차 사람들의 관심에서 벗어나 생기를 잃어 간 시간이 배어 있다. 그걸 찾아내야 하지만 찾아내기 쉽지 않다.

진지하게 바라보든 건성으로 바라보든 세상은 변하고 있고, 세상을 변하게 만든 보이지 않는 실체는 마르지 않고 흐르는 강물이 되어 모든 모세혈관을 흐른다.

우리에겐 언제나 두 개의 창이 필요하다. 어둠을 직시하는 창도 가져야 하지만, 밝음의 진상眞相을 보는 창도 가져야 한다. 탁함을 보는 창과 맑음을 보는 창, 보이는 것을 볼 수 있는 창, 보이지 않는 것을 볼 수 있는 창이 필요하다.

그 두 개의 창을 통해서 본 세상의 모습을 이해하기 위한 사유와 고심이 또한 두 가지로 필요하다. 두 개의 창으로 본 것을 무작정 하나의 사유로 결론지으려 한다면 결국은 하나의 창으로 보는 것과 다르지 않을 테니까.

두 개의 창으로 본 것을 언어로 남기는 일을 하고 있다. 사람들은 내가 남긴 언어가 어둡다고 말한다. 하지만 나는 음울하지 않으며, 내 언어도 음울하지 않다.

다만, 카타콤으로 이어진 어두운 궁륭에서 태어났을 뿐이다. 우리 모두 그곳에서 태어났다. 언어의 밑바닥에는 어둠이 반드시 고여 있다. 밝음도 언어의 천정에 고여 있다. 음울과 명랑을 이야기할 필요가 없다.

언어는 창일 뿐이다. 창이 어두운 색조를 띠었다고 해서 창을 가진 세계가 어두운 것은 아니다. 나는 어두운 색이 아니다. 단지 불을 켜지 않고 있을 뿐이다. 당신이 검은색의 세계를 싫어한다고 해서, 핑크빛이나 연두색 등을 켤 수는 없다. 어떤 빛이든 창밖의 별을 가리게 될 테니까.

운 좋게도 어둠과 검은색을 일찍 배울 수 있었다. 그것이 별을 보기 위한 가장 빠른 길이었음을 이제는 알고 있다. 모든 것이 별 속에서 태어났다는 것을 배우는 과정이 쉽지는 않았다. 등의 채찍 자국과 몸 곳곳에 남겨진 흉터들이 그걸 증명한다. 하지만 깨달음에 비하면 얼마나 가벼운 증명인가. 흉터를 주지 않는 운명은 없다. 다만, 어떤 흉터를 지닐 것인지는 선택할 수 있다.

우린 두 개의 창을 갖고 있고, 두 개의 눈꺼풀을 갖고 있다. 눈꺼풀을 가진 것은 얼마나 행복한가. 순식간에 세계를 검은색으로 칠할 수 있다는 것은 얼마나 행복한가. 뜨고 감는 것만으로도 세계의 사물들과 사물을 지키고 있는 정령들에게 한 가지 색을 더해 줄 수 있다는 것은 얼마나 행복한가.

Chapter 33.

전화기와 어머니

집 전화를 갖고 있었던 시절의 일이니 오래전 일이다. 20년은 된 일 같다. 아내가 전화를 받았는데, 모르는 이의 전화였다. 금방 끊으면 될 일인데, "잘못 거셨습니다."라고 답을 해 놓고도 순순히 건너편의 이야기를 듣고 있었다. 조용히, 네……네…… 하며 답을 하고 있었다.

우리 집 전화가 살아 계실 때의 어머니 전화번호였단다. 어머니가 전화를 받을 것 같은 마음에 자기도 모르게 전화를 걸었다고 했다. 아내는, 울먹이는 목소리가 "전화를 또 할지도 모르겠어요."라는 말을 남겼다고 전했다. 다시 전화를 걸어도 됐을 텐데 다시 전화를 받은 기억은 없다. 당시 전화번호는 375-3620이었다. 의미 없는 숫자의 나열일 뿐이었는데, 그 나열이 누군가에게는 절절한 그리움의 번호였다.

모든 단어는 단 하나의 의미로만 사용되지 않는다. 하나의 단어로 품는 기억과 감성이 사람마다 다르다. 어느 단어에는 풍부한 풍경이 들어서고, 어느 단어에는 소금 사막 같은 풍경이 들어선다.

나는 한 단어에 깊은 문제를 안고 있다. 시를 읽다 보면 어머니와 아버지에 대한 절절한 글을 만난다. 특히 어머니에 대한 절절한 글을 만난다. 그런 작품을 만날 때마다 나의 불구不具를 아프게 깨닫는다. 나는 그런 시를 쓰지 못한다. 지금까지도 그랬지만 앞으로도 그럴 것 같다.

칼 구스타브 융(1875~1961)의 수제자로 알려진 에리히 노이만(1905~1960)은 저서 『의식의 기원사The Origins and History of Consciousness』에서 어머니에 대해 이런 글을 썼다고 한다.

"어머니의 이미지는 불변성을 함축하고 있다. 영원하고 모든 것을 감싸며, 치유하고, 받쳐 주고, 사랑하고, 원칙을 지키는 것의 구현이기 때문이다."

어머니…… 다른 작가들에게는 불변의 지지대인 어머니가 내게는 너무 허약하고 추상적인 영역이다.

초등학교 1학년 때 어머니는 떠나셨다. 20년의 세월이 흘러 대학 졸업 직전에 중년이 되신 어머니를 외갓집에서 만났다. 대학 졸업 후에 집에 머물 수가 없게 되어 비빌 언덕을 찾아갔는데, 어머니도 나도 서로에게 언덕이 될 만한 상황이 아니었다.

대학 교수가 되는 것이 꿈이었지만, 꿈은 너무 멀리 있었다. 먹고사는 걱정이 잠시도 떠나지 않는 상황이었는데도 아내를 만났고, 어설프게 꾸린 가정을 위해 글도 꿈도 잊고 지독하게 살아 내야 했다. 그렇게 세월이 흘렀다.

2016년이었던가. 막내아우의 결혼식이 끝나고 나서 큰어머니께서 나를 따로 부르시더니, 네 엄마는 아무 잘못이 없다. 할머니가 내쫓았다. 엄마를 찾아라, 고 말씀하셨다. 그동안 들어 왔던 이야기와 다른 이야기였다.

수소문 끝에 작은외삼촌과 큰이모 연락처를 알아냈다. 작은외삼촌은 지금처럼 지내는 게 좋겠다고 하셨다. 어머니가 힘들어하실 거라고 하셨다.

2018년 8월 6일, 갑자기 청주의 한 요양 병원에서 어머니가 위독하시다는 연락이 왔다. 20여 년 만에 다시 만난 어머니는 치매 상태였다. 병원에 알아보니 몇 년째 요양 병원에 계셨다고 한다. 작은외삼촌과 연락을 취한 시기에 이미 병원에 계셨던 것 같다.

2019년 2월 21일 어머니는 세상을 떠나셨다. 작은외삼촌과 둘이서 조용히 어머니의 장례를 치렀다. 몇 달 후 〈부산국제화랑아트페어〉에 큰이모님이 참여하신다고 해서 부산에 가서 큰이모를 만났고 과거의 일들을 들었다. 알고 있던 이야기와 너무 다른 이야기였다.

너무 늦게 알게 된 진실이었다. 어머니는 이미 어떤 위안도 얻지 못하고 떠나셨다. 그리고 8일 후인 3월 1일 어머니를 지켜 주지 않으셨던 아버지도 세상을 떠나셨다.

시간이 지나면 잊히리라고 생각했는데, 시간이 흐를수록 반대가 되고 있다. 내게 남은 큰 숙제다. 잿빛으로 가득한 개인사를 털어놓는 것은, 지난 굴절이 작가로 만들었고, 결국 뿌리를 감도는 이야기를 어떤 형태로든 풀어내지 않을 수 없기 때문이다.

6 · 25가 일어나기 전, 함경도 어느 한의사 집안의 장남이 남쪽의 충북 보은으로 이주한다. 장남이 먼저 터를 잡으면 나머지 가족들도 이주하려던 계획이었지만, 남북이 38선으로 분단되며 계획은 실패한다.

6 · 25가 터지자 강원도 북쪽의 평강군에서 한 과부가 자식 넷을 데리고 고향인 보은으로 피난을 온다. 보은 출신이었지만 너무 가난했고 뿌리가 약했다.

어떻게든 살아남아야 했던 과부는 함경도에서 이주한 집안의 도움을 받는다. 급기야는 그 집의 장녀와 자기 막내아들을 결혼시킨다. 대학생이었던 남자는 사랑하는 여자가 있었지만, 어머니의 뜻을 꺾지 못하고 결국 함경도 출신 집안의 장녀와 결혼한다. 그녀는 고3이었다.

결혼한 지 몇 년 지나지 않아, 상당한 재산을 갖고 있던 여자의 집이 고난을 겪는다. 토박이들과의 갈등 속에서 디아스포라였던 여자의 집안은 읍내의 상당 부분을 차지하고 있던 토지들을 잃고 만다.

사돈 집안의 몰락을 본 과부는 몇 년을 버티다 아들을 셋이나 낳은 여자에게 바람이 났다는 누명을 씌워 내쫓는다. 여자의 큰아이가 초등학교 1학년 때였다. 더는 사돈댁에서 얻을 게 없다고 생각했던 것 같다. 생존하기 위해 철저히 실리를 따졌던 과부였다. 중학교 교사였던 남자는 이후 어머니의 강권으로 두 번을 더 결혼한다. 남자도 여자도 지독히 비틀린 운명을 살아간다.

여자의 아들에게 어느 요양 병원에서 연락이 온다. 여자가 치매 상태로 위중하다는 연락이었다. 여자는 6개월 후에 세상을 떠나고, 남자는 여자가 떠난 후 8일 뒤에 세상을 떠난다. 여자의 맏아들은 한 많은 생을 산 여자가 너무 억울해서 남자를 데려갔을지도 모르겠다고 생각한다.

어머니가 돌아가시고 3년이 좀 지난 2021년 10월 3일, 어머니에게서 유전병을 물려받은 조카가 떠났다. 어머니는 그렇게 자신의 흔적 하나를 거둬 가셨다. 이듬해에 고향 외가의 산에 외조부모님과 큰외삼촌 곁에 수목장으로 모셨던 어머니를 조카가 있는 곳으로 옮겨 모셨다.

고향 가는 길이 마음을 덮은 비늘을 뒤집는 일이어서 수목장했던 자리의 흙을 떠서 너무 일찍 떠난 조카와 함께 있게 해드렸다. 할머니와 손녀가 함께 있으면 그 세상도 덜 외롭지 않을까 해서였다.

어머니는 나신 날이 음력 1월 17일이고, 떠나신 날이 양력으로 2월 21일이었는데 그날이 음력으로는 1월 17일이었으니 나신 날 돌아가셨다. 다들 80, 90을 사시는 때에 고작 73년을 살다 가셨다. 고통 없이 사신 날은 많지도 않으셨다. 고통 없이 사신 때는 10대 시절뿐이셨다. 고등학교 3학년을 다니시다가 억지로 결혼하여 스무 살에 날 낳으셨다. 고작 스무 살에.

어머니의 어린 시절 사진을 큰이모에게서 받은 것이 있다. 외가 식구들이 모여 찍은 사진인데, 어머니의 모습이 담긴 단 하나의 사진이다. 딸아이가 어머니를 닮았다. 어머니가 남기신 흔적이다.

어머니.

작은 날씨들의 기억

초판 1쇄 발행 2024년 6월 14일

지은이 천세진
펴낸이 이계섭

책임편집 박찬세
디자인 이라희

펴낸곳 (주)백조
주소 경기도 화성시 남여울3길 19 201호
출판등록 2020년 8월 14일
전화 031—8015—0705
팩스 031—8015—0704
E—mail baekjo1120@daum.net

값 15,000원 ISBN 979-11-91948-20-2(03810)

*본 『작은 날씨들의 기억』은 (재)전북특별자치도문화관광재단 2024년 지역문화예술육성지원사업에 선정되어 보조금을 지원받은 사업입니다.